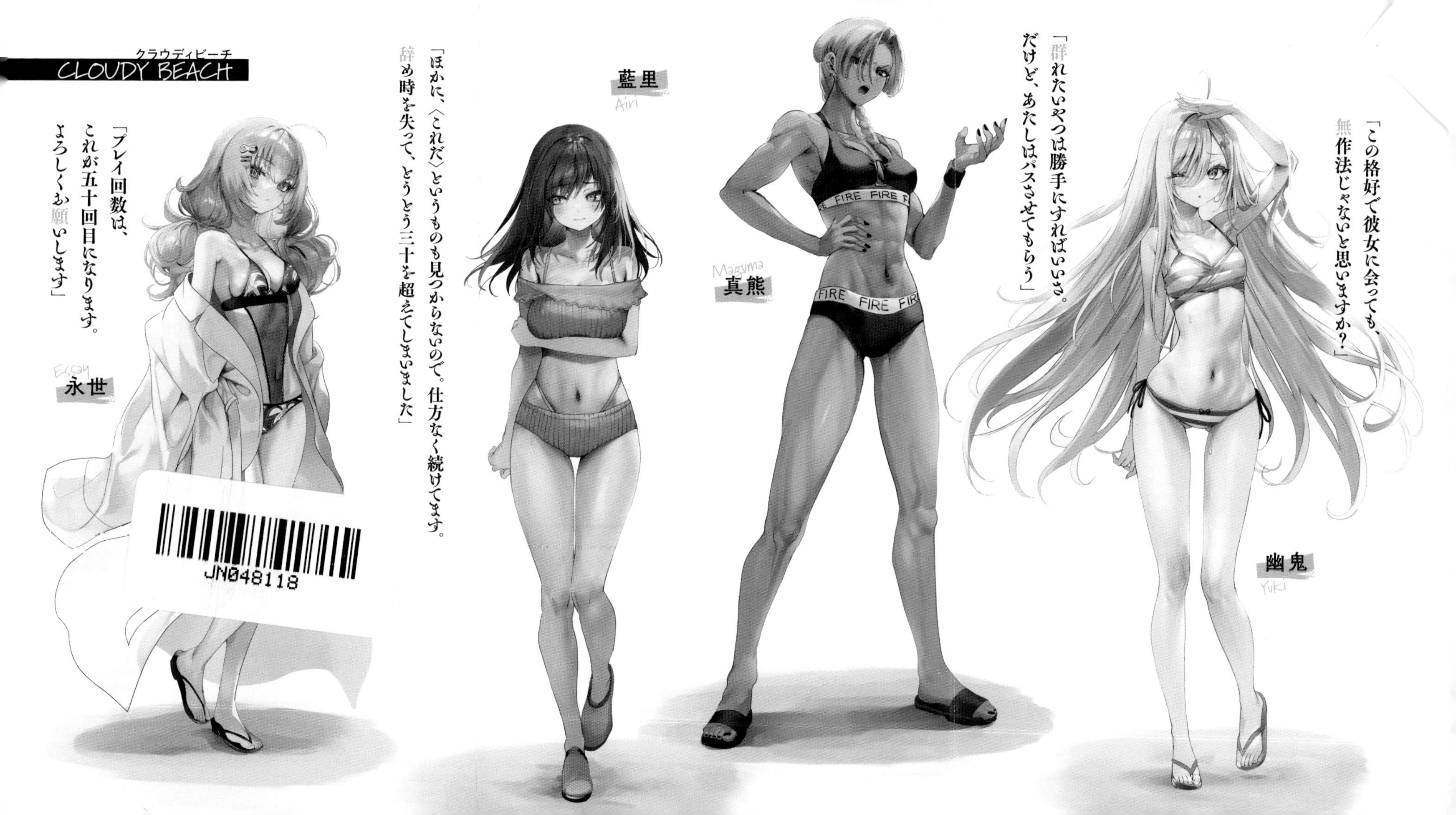
CLOUDY BEACH《クラウディビーチ》
幽鬼
Yuki
「この格好で彼女に会っても、無作法じゃないと思いますか？」
真熊
Maguma
「群れたいやつは勝手にすればいいさ。だけど、あたしはパスさせてもらう」
藍里
Airi
「ほかに、〈これだ〉というものも見つからないので。仕方なく続けてます。辞め時を失って、とうとう三十を超えてしまいました」
永世
Essay
「プレイ回数は、これが五十回目になります。よろしくお願いします」

クラウディビーチ
CLOUDY BEACH
「こっちに来るな」
Hizumi
日澄
「話には聞いてる。
お前の〈お師匠〉からね」
Koyomi
古詠
「不謹慎なことかも
しれないんですけど、いいですか？」
Mozuku
海雲
「こんなに綺麗な海なんですよ。
一日で遊び飽きるわけありません。
ほら、よく言うじゃないですか、
美人でも三日は飽きないって。」
Mitsuba
蜜羽

死亡遊戯で飯を食う。3

鵜飼有志

MF文庫J

CONTENTS

口絵・本文イラスト●ねこめたる

壁を越えた先には、壁を越えた人しかいない。

0.ワンファインデイ（40回目）

幽鬼《ユウキ》が目を覚ますと、そこは遊園地だった。

（0／10）

（1／10）

大量のアトラクションに幽鬼《ユウキ》は囲まれていた。

観覧車やメリーゴーラウンド、ゴーカートにコーヒーカップなど、誰でも名前を知っている乗り物もあれば、飛行機がぐるぐると回転する名前のいまいちわからない乗り物、名前があったことは覚えているのだが幽鬼《ユウキ》には思い出せないブランコのように船が揺れる乗り物、百円と引き換えに鈍足歩行する動物の乗り物もあった。遠くに目を向けると、お化け屋敷や、バンジージャンプ用のものと思《おぼ》しき高台も見えた。そうしたアトラクションの間で、ジェットコースターのレールがのたくっている。どの角度からどう見ても、三歳の子供でさえも間違えようがないほど、そこは見るからに遊園地だった。

その中に、幽鬼《ユウキ》は寝かされていた。

自身に目を向ける。紺色のブレザーを幽鬼《ユウキ》は着せられていた。学校制服の一形態だ。幽鬼《ユウキ》はまさに現役の高校生ではあったが、そのブレザーは学校指定のものではなかった。身に覚えのない服装だったが、それを着せられている理由には心当たりがあった。聞くところによると、修学旅行でもないのにわざわざ制服を着て遊園地に行きたがる学生が、この世界には一定数存在しているらしい。頭上に妙な感触があったので、よもや、と思い、幽鬼《ユウキ》は頭を触ってみた。でっかいリボンのついたカチューシャを装備していた。遊園地の来場客が、その場の雰囲気でしばしば買ってしまうものだ。ものすごく外したかったが、このカチューシャが重要なアイテムである可能性を捨てきれなかったので、つけたままにしておいた。

幽鬼《ユウキ》は園内を歩いた。

数多《あまた》あるアトラクションのすべて、運行していなかった。どれだけ目をこらしても観覧車の回転は目撃できず、メリーゴーラウンドは電球ひとつ点灯しておらず、飛行機のぐるぐる回るやつはゆっくりとも回っていない。楽しそうに走り回る子供たちの姿はなく、それどころか人っ子一人発見できなかった。しかし、誰かいるだろう、と幽鬼《ユウキ》は確信していた。それが敵なのか味方なのかはさておき、これだけ広い舞台に、一人だけということはないはずだ。

遊園地の中で幽鬼《ユウキ》は目覚めた。

だが、幽鬼《ユウキ》は断じて、遊園地で昼寝をしていたのではない。遊園地に行ったことなど子供のころに数えるほどしかないし、ましてや制服姿で友達ときゃっきゃしながらということになると、皆無だ。カチューシャなどもってのほか。この状況のなにもかも、幽鬼《ユウキ》の意思ではない。

しかし、これに参加したこと自体は、幽鬼《ユウキ》の意思である。

幽鬼《ユウキ》は望んで、このゲームに参加した。

これは、殺人ゲームだった。


（2／10）


本名、反町友樹《そりまちゆうき》。

プレイヤーネーム、幽鬼《ユウキ》。

彼女は、殺人ゲームのプレイヤーである。彼女が〈幽鬼《ユウキ》〉の名前を——亡霊を意味するその名前を使用する世界においては、およそ倫理と呼ばれるもの、人類が何百万年もかけて培ってきた品性は、かけらも見られない。プレイヤーは手足をノコギリで切断されることもあれば、腹をドリルでぶち抜かれることもあれば、数百メートル上空から地面に叩《たた》きつけられることもある。元が人間だったのかすらもわからないぐらい細切れにされることもある。同じプレイヤー同士で憎しみ合い、殺し合うこともある。そのさまを好事家の〈観客〉たちにご覧いただき、見物料を頂戴する。それが幽鬼《ユウキ》の、プレイヤーの生きる世界だった。

その世界で、幽鬼《ユウキ》は九十九回のゲームクリアを目指していた。それを目標とするに至った経緯は少々複雑であり、ここでは説明を省くが、ともあれ幽鬼《ユウキ》はそれに血道を上げていて、この前とうとう、目標の三割――三十回のクリアを達成したのだった。〈三十の壁〉という、三十回のクリアが高難易度であることを示す単語が業界には存在していて、それを乗り越えることのできた幽鬼《ユウキ》は、文句なく、トッププレイヤーの一員であるといえた。

もう何十回とやっていることなので、幽鬼《ユウキ》は動揺しなかった。知らぬ間に、ゲームの会場であるこの遊園地に運ばれていたことも、毎回変わるコスプレじみた衣装――今回はブレザーだ――を着せられていたことも、幽鬼《ユウキ》の心を揺るがしはしなかった。プレイヤーは自分一人ではないだろう、ということも予想していた。遊園地ひとつを使用するほどのゲームなら、プレイヤーはおそらく、何十人もいる。

予想的中、歩いて数分で、幽鬼《ユウキ》はそれに出くわした。

「ども」

と幽鬼《ユウキ》は言って、手をあげた。

その手のひらの向かう先には、プレイヤーの一団がいた。幽鬼《ユウキ》と同じく、全員が女の子であり、また全員がブレザーを着せられていた。カチューシャは、着けているのと着けていないのが半々ぐらいだった。女子高生御一行、という感じであり、絵面《えづら》としては華やかだったが、殺人ゲームに参加しているという事実のためか、華やいではいなかった。

「よう」

プレイヤーの一人が、挨拶を返してきた。

「しばらくぶりだな」

身長の高い女の人だった。

幽鬼《ユウキ》もそこそこタッパのあるほうなのだが、それよりも高い。本人の言によれば、中学生のときにはすでに百八十センチを記録していて、現在は二メートル近いらしい。が、その数値にもかかわらず、ひょろ長いという印象はない。ブレザーを着ているのでわかりにくいが、彼女は相当鍛えており、その高身長に見合った体格をしている。縦にも横にも奥にも、普通の人間をひとまわり拡大した感じだ。ほかのプレイヤーと見比べると、トリックアートを見ているかのような変な気分を覚える。

真熊《マグマ》、という。

幽鬼《ユウキ》の知り合いであり、彼女もまた、このゲームの常連だった。

「しばらくぶりです」

相手を見上げながら言葉を発するという、それなりにレアな経験を幽鬼《ユウキ》はした。

「どうだ、調子は」低い声で真熊《マグマ》は聞いてくる。

「悪くないです。今回で、四十回目の大台ですね」

「へえ……ってことは、〈三十の壁〉を越えたのか」

「真熊《マグマ》さんこそどうなんです？　もう、三十はいきましたか？」

前回出会ったとき、真熊《マグマ》のクリア回数は二十回だった。それから〈しばらくぶり〉に再会したわけだから、定期的にゲームを続けているのだとすれば、三十回を超えていると考えるのが自然だ。

が、真熊《マグマ》はにやりとして、予想と違う数字を答えた。「四十回もだよ」

「ついこの前、達成した。あたしはこれが、四十一回目のゲームだ」

幽鬼《ユウキ》は驚く。知らぬ間に記録を抜かれていたからだ。今回で四十回目となる幽鬼《ユウキ》のクリア回数は、現状、まだ三十番代である。

「ちなみに、もっとやばいのもいるよ」と真熊《マグマ》は言う。

「永世《エッセイ》が来てる。今回で四十五回目らしい」

真熊《マグマ》は親指だけを立てて、それを指し示した。

プレイヤーの一団から離れたところに、細身の女の子がいた。

真熊《マグマ》を見た直後だと、よりいっそう細く見える。綿菓子のようなふわふわの髪と、往年の文豪のような、常に難しいことを考えていそうな顔つきを備えている。幽鬼《ユウキ》がつけているのと同じ、あの小っ恥ずかしいカチューシャを両手に持ち、検分していた。

永世《エッセイ》という名前のプレイヤーだった。このゲームの常連であり、過去に二回、幽鬼《ユウキ》は会ったことがある。

しばらく観察していると、幽鬼《ユウキ》は永世《エッセイ》と目が合った。が、言葉を交わすことはなかった。永世《エッセイ》は無言で会釈をするのみであり、幽鬼《ユウキ》の応答も、それと同じだった。

「三十オーバーのプレイヤーが、三人もいるんですね」幽鬼《ユウキ》は言う。

「最近はプレイヤーも増えてきたからな。こういうこともあるさ」

一度の失敗が死につながるこのゲームにおいて、クリア回数三十超のプレイヤーは少ない。それがひとつの舞台に三人集う機会となると、ますます希少なはずだった。が、最近はそういう機会がけっこうあった。真熊《マグマ》の言う通り、プレイヤーの数が増えているのだ。いつかの大波乱が巻き起こったゲーム――〈キャンドルウッズ〉のダメージから、この業界は復興しつつある。

「ところで、今回のゲームってどんなルールなんです？」幽鬼《ユウキ》は聞いた。

「ああ。分類としては、生存型で――」


（3／10）


真熊《マグマ》から伝えられたルールは次の通りだった。

この遊園地内には、着ぐるみをまとった〈処刑人〉が、多数徘徊《はいかい》している。刃物、銃器、爆発物等々、殺意に満ち溢《みあふ》れた道具を〈処刑人〉は装備していて、それらの襲撃を、プレイヤーは一定期間かわし続けなければならない。

一定期間の生存を目的とする、いわゆる生存型のゲームだった。が、三十オーバーの上級者が三人も参加していたため、そのようなゲーム展開にはならなかった。プレイヤーたちはただ逃げ回るだけではなく、ときには〈処刑人〉から武器を奪い取って、逆襲した。プレイヤーだけでなく〈処刑人〉も時とともに数を減らしていき、先に全滅したのは〈処刑人〉のほうだった。設定されたゲーム時間の半分も経過しないうちに、プレイヤーに対する脅威は遊園地内から消え去った。

そして——あっさりとクリアを達成した。


（4／10）


ゲーム終了後、プレイヤーがたどる道は大別してふたつだ。

ひとつは、病院に搬送されること。命の保証がまったくないということをのぞけば、プレイヤーへのサポートは手厚い。ゲームにより発生した怪我《けが》は、現代医療の実現できる限りをもって、治療してもらえる。

だが、怪我といえるような怪我を幽鬼《ユウキ》は負わなかったので、必然としてもうひとつの道をたどることになった。エージェントの運転する車に運ばれて、悠々の帰宅だった。

「おめでとうございます」

運転を始めてすぐ、エージェントは幽鬼《ユウキ》に言ってきた。

「自分事のように嬉《うれ》しいですよ。誠心誠意、お祝いいたします」

「……ありがとうございます」幽鬼《ユウキ》は答えた。

四十回クリア。その数字は、いつか戦ったお嬢様のクリア回数に等しい。三十回クリア――〈三十の壁〉のときほどではないが、幽鬼《ユウキ》の中で一定の強度を有している目標であり、祝いの言葉を受けるに値する記録だった。

しかし、それを達成したというのに、幽鬼《ユウキ》の顔は晴れなかった。

あっさりすぎる、と思ったのだ。四十回目のゲームには、〈三十の壁〉のような呪いは付《つ》き纏《まと》っておらず、あっさりクリアできることになんら不思議はないのだが、それでも幽《ユウ》鬼《キ》の心にもやもやを残していた。

こんなにも順調すぎて、いいのだろうか――。

「ときに幽鬼《ユウキ》さん、どちらに向かいます？」エージェントが聞いてくる。

「ご自宅のほうですか？　それとも、あの人のところに？」

幽鬼《ユウキ》は、左手を見た。

血が通っていないかのように色素の薄い左手が、そこにはあった。中指から小指にかけて、都合三本の指に関しては、比喩でなく、本当に血が通っていなかった。三十回目のゲーム――〈ゴールデンバス〉で左手中指から小指を失った幽鬼《ユウキ》は、模造の品でもって、その損失を埋めているのだった。

「後者でお願いします」と幽鬼《ユウキ》は答えた。


（5／10）


〈それ〉の存在を、幽鬼《ユウキ》が耳にしたのは二十回目のゲームのことだった。

この業界には、義体の製作を生業《なりわい》とする、〈職人〉がいるらしい。このゲームの運営は医療的なバックアップを用意していて、ゲームにより生じた負傷のたいがいは治療可能であるのだが、腕を食われるとか、脚が吹き飛ぶとか、治療の不可能な怪我《けが》も往々にして存在する。そのようなダメージを負っても、なおゲームを続けたいというプレイヤーのニーズに応え、模造の体をこしらえてくれる職人が存在している。ともに参加したプレイヤーから、そうした噂《うわさ》を幽鬼《ユウキ》は聞いた。

〈それ〉のお世話になった実例に出会ったのは、二十三回目のことだった。

宮廷を舞台にしたゲームだった。チャイナドレスをひらひらさせながら殴り合うルールだったのだが、やけに手足の硬いプレイヤーが一人いた。話をうかがったところ、どうも、その手足はタンパク質でできているのではないらしい。模造のものとは思えないほど、それはきびきびと動作していて、彼女を倒すのに幽鬼《ユウキ》はかなりの苦労をした。

〈それ〉を幽鬼《ユウキ》が必要としたのは、三十回目のことだった。

つまらないミスで、左手の中指から小指を失った。たかが指三本である、日常生活に支障はなかったが、ゲームに関しても支障なしと言うことはできなかった。生きるか死ぬかの修羅場で、動かせる駒が指三本分少ないという事実は、きわめて問題である。このまま三十一回目のゲームに挑むことはできないと思った。一刻も早く、幽鬼《ユウキ》の勝負勘が鈍らないうちに、手指を取り戻す必要があった。

だから、幽鬼《ユウキ》は、義体職人のもとに向かった。

幸い、快く依頼を引き受けてもらえた。幽鬼《ユウキ》の中指から小指は、まもなく、元の長さを取り戻した。職人の腕前は噂《うわさ》に相違なく、元の指と遜色のないパフォーマンスを有していた。問題と呼べるものは、だから、ふたつしかなかった。ひとつは、定期的に職人のもとに通い、メンテナンスをしてもらわなければならないということ。

もうひとつは、その職人が、人里離れた森の奥に住んでいるということだった。

（6／10）

笑っちゃうぐらい森の中だった。

　何時間も車を飛ばして、舗装された道すらもなくなって、座席と尻が一体化するかのような感覚までも味わって、それでようやくたどり着けるぐらいに深い森の中だった。日本が森林大国であることを幽鬼《ユウキ》は思い出す。およそ世界のすべてを支配しているように見える人類だが、しょせんは自然と自然の隙間で息してるに過ぎないのだなあと、身の丈に合わないことを考えるぐらいに、そこは森の中だった。

　屋敷が建っていた。

　洋館である。歴史の教科書でしか見ることのないような、ロマンあふれる外観だ。屋敷の周囲は切り開かれていて、玄関の前まで舗装された道が続いていたが、幽鬼《ユウキ》のエージェントは、玄関の正面ではなく、その少し手前で車を停止させた。

　そうせざるをえなかったのだ。

「――私たちだけでは、ないみたいですね」

　エージェントは言った。

　玄関前には、もう一台、黒塗りの車が停《と》まっていた。幽鬼《ユウキ》のエージェントが乗り回しているのと同じ車種だ。それが意味するのは、もう一人、ここにプレイヤーが訪問しているということである。

「タイミングからして、今回のゲームのプレイヤーでしょうか」

「どうでしょう……。怪我《けが》してる人は、いなかったと思いますけど」幽鬼《ユウキ》は答える。遊園地のゲームに参加していたプレイヤー――永世《エッセイ》にしろ真熊《マグマ》にしろ、その他の面子《メンツ》にしろ、幽鬼《ユウキ》の観察する限りでは、頭から爪先まで生身だったように思う。とはいえ、今回のゲームの衣装は露出が少なめだったので、その観察結果に信用は置けないし、そうでなくともあの職人の作る義体はすばらしく精巧なのだから、見落としがあったとしてもおかしくない。

まあ、行けばわかることか、と幽鬼《ユウキ》は考えを打ち切った。

「行ってきます」と言って幽鬼《ユウキ》は車を降りた。ひらひらと手を振って、エージェントは見送った。

盗人《ぬすびと》の心配などする必要のない立地ゆえ、鍵はかかっていなかった。幽鬼《ユウキ》は屋敷に入った。歴史的ロマンを感じさせるその中を進む。もう何度もここを訪れているので、足取りに迷いはなかった。幽鬼《ユウキ》はまもなく目的の扉にたどり着き、右手の甲を使用して、扉をノックした。

返事はなかった。

不在だろうか、と思いながら、扉を開けて部屋に入った。

工房だった。

電気はついていない。が、窓明かりが差し込んでいたし、この部屋に入るのも何度目かになるので、奥へと進むのに支障はなかった。所狭しと物の溢《あふ》れた空間だった。部屋というより、これではまるで倉庫のようだ。しかしながらごちゃついた印象はなく、それどころか、いくぶん整然としすぎている印象さえあった。例えば、作業台上の工具がすべて平行に並べられていたり、棚と棚との間隔が定規で測ったみたいに等しかったり、床に置いてある麻袋のへたれ具合が、コピーして貼り付けたみたいにすべて同一だったりした。小物ひとつの場所に至るまで、家主の意志がはたらいているように感じられた。あたかも結界に侵入したかのような、肌のぴりぴりとする感覚を幽鬼《ユウキ》は受ける。できるだけ物には触れないように気をつけながら、なおも進んだ。

部屋の最奥には、またひとつ扉があった。

職人の私室である。工房にいないのなら、ここにいるはずだ。幽鬼《ユウキ》は耳をそばだてるが、部屋の中から気配は感じられなかった。眠っている可能性も考え、意図的に音を立ててノックをしてみたのだが、反応はなかった。やはり不在か、と思い、それでも扉を開けてみようとしたそのとき――

「つあっ!!!!!!」

圧を感じるほどの大声が横からした。

「きゃあ！」幽鬼《ユウキ》は飛び上がった。

（7／10）

幽鬼《ユウキ》の両足が浮いて、また地面についたのと同時に、部屋の明かりもついた。

「がははは！　まんまと引っかかったな、姉ちゃん」

目の前に現れたそれを見て、幽鬼《ユウキ》は目をしばたたいた。

麻袋だった。

コーヒー豆の入れ物や土嚢《どのう》に使われる袋――の大きめなやつが、幽鬼《ユウキ》の前に立っていた。激しく前後に揺れていて、がははという笑い声が漏れていた。中に人が入っているのだ。麻袋の立っている近くの壁に、スイッチがついていた。照明のスイッチだろう、と幽鬼《ユウキ》が理解したころには、麻袋はすでにその中身をあらわにしていた。

ドワーフみたいなおっちゃんだった。

身長がやけに低い。幽鬼《ユウキ》の胸の高さよりも低く、おそらくは一メートルにも達していない。しかし、体重は幽鬼《ユウキ》と同じか、それ以上だろうと思われるほどに、筋骨隆々とした体つきをしている。テキ屋のひもくじを連想させる長いひげをたくわえていて、がははという笑い方をすることは今さっき確認したところだ。

「……こんにちは、職人さん」

とりあえず幽鬼《ユウキ》は挨拶した。「おう、こんにちは」とおっちゃんは答える。

「あの……いったいどうして、あの中に？」

抜け殻となった麻袋を幽鬼《ユウキ》は見つめた。麻袋にしては大きめだが、人間一人を収めるのには物足りないサイズだ。よくあの中に入れたなと幽鬼《ユウキ》は感心する。

「驚かしたろうと思って」おっちゃんはほがらかに笑った。「自分が部屋に入ってきたとき、ちょうどあの袋が目に入ってさ。一芝居打ったろうと思ったわけ。いやー、いいリアクションやったで、自分」

幽鬼《ユウキ》は心臓に手を当てた。まだ少しばくばくしている。きゃあなんて声をあげたのは何年ぶりだろうか。無茶苦茶《むちゃくちゃ》びっくりした。

まんまとしてやられた。おっちゃんが声をあげるまで、そこに人がいる気配はつゆとも感じられなかった。さすがは、数多《あまた》のプレイヤーを相手取ってきただけのことはある。

なにからなにまで〈いかにも〉なこの人こそ、義体職人だった。本名は誰も知らない。〈おっちゃんって呼んでや〉と本人は要望しているものの、幽鬼《ユウキ》は一貫して〈職人さん〉と呼んでいる。軽薄な雰囲気があるものの腕前は本物であり、長きにわたって、肉体を失ったプレイヤーを戦線に復帰させてきた。聞くところによれば、例の殺人鬼や、幽鬼《ユウキ》の師匠である白士《ハクシ》も、世話になったことがあるらしい。あの二人とこのおっちゃんが、会話しているところなど幽鬼《ユウキ》には想像もつかないが――。

「で……あれかな。その指の点検に来たんかな」

言われて、ここに来た用件を幽鬼《ユウキ》は思い出した。「あ、はい」と答える。

「この前来たばっかりやのに、マメやね。ええこっちゃ」

おっちゃんの言う通り、前回のゲームのときにも来たばかりだった。本来あるべき定期メンテナンスの日付より、ずっと前倒ししている。それは幽鬼《ユウキ》が真面目だったから——ではなく、不安だったからだ。あまりにもうまくいきすぎてるものだから、足元を確認しないと、不安でたまらなかったのだ。

「最近どうよ。景気は」おっちゃんは聞いてくる。

「かなりいいです。今回で、四十回目ですし」

「あー、そうやったっけ。おめでとうさん」

おっちゃんの祝福に、幽鬼《ユウキ》は浮かない顔のままで応える。

そこで、玄関に停《と》まっていたもう一台の車のことを、思い出した。

「表にもう一台ありましたけど。ほかにも誰か来てるんですか?」

「うん? 来てるよ。えーと、名前が確か……」

おっちゃんはあごひげを触って、言った。

「そうそう、藍里《アイリ》って言ったかな。会ったことある?」

部屋で待っといて、と言われ、幽鬼《ユウキ》はおっちゃんの私室に入った。

そこには必要最低限の家具しかなかった。寝具が一人分と、机と椅子が一組だけ。おっちゃんの身長が身長ゆえ、子供用の椅子ぐらいの高さしかないそれに、窮屈そうに座っている娘さんが一人いた。

藍色の瞳をした娘だった。

この世のすべてにうんざりしているかのような、暗い顔をしている。髪が伸びており、いくぶんか大人びた顔つきになっているという違いはあったものの、その顔にも、その瞳にも、幽鬼《ユウキ》は確かな覚えがあった。

部屋に入ってきた幽鬼《ユウキ》に、その娘――藍里《アイリ》は目を向けた。藍色の目が、目の周りの赤色部分まで見えるほどに開かれた。

「ゆ……幽鬼《ユウキ》さん？」と藍里《アイリ》は言う。

「……やあ」幽鬼《ユウキ》は挨拶した。

間違いない。藍里《アイリ》だった。幽鬼《ユウキ》と同じ、〈キャンドルウッズ〉の生き残り。

〈キャンドルウッズ〉。それは、幽鬼《ユウキ》の九回目のゲームであり、幽鬼《ユウキ》の人生の一ページ目に記録されているゲームであり、過去最大級のプレイヤー数を記録したゲームでもあり、過去最低の生還率を記録したゲームでもあった。恐るべき殺人鬼、伽羅《キャラ》が大暴れし、幽鬼《ユウキ》の師匠である白士《ハクシ》を含む、ほとんどのプレイヤーが殺された。あのゲームを経験してなお生き残っているのは、ここにいる幽鬼《ユウキ》と藍里《アイリ》の二人だけだ。〈キャンドルウッズ〉以降のゲームで、藍里《アイリ》と相見《あいまみ》えることはなかった。プレイヤーを辞めたものだとてっきり思っていたのだが——。

「久しぶり」

「お久しぶりです」

幽鬼《ユウキ》は言葉を探した。藍里《アイリ》の頭部の変化に注目した。

「髪、伸ばしたんだね」

幽鬼《ユウキ》の記憶に残る彼女の髪は、ショートカットだった。今はそれよりも長い。〈キャンドルウッズ〉からおよそ一年半、おそらくはずっと伸ばし続けているのだろう。

「似合ってるよ」

「ありがとうございます」藍里《アイリ》は答える。

「願掛けでもしてるの？　生き残れるように、とか……」

「あ、いや、そうではなくて……」自分の髪を撫《な》でる藍里《アイリ》。「とあるプレイヤーに言われたんです。髪伸ばしたほうが、〈観客〉受けがよくなって、賞金も増えやすくなるからって……」

「……なるほど」

ゲームの賞金は、〈観客〉のみなさまによってまかなわれている。プレイヤーの人気度は、そのまま賞金の額に直結する。世の男性諸君がそうであるように、髪の長い女の子が〈観客〉たちも好みのようだ。

「まあ、元気そうでなによりだよ」と幽鬼《ユウキ》は話題を切り替える。

「はい。……一部、元気じゃないところもありますけれど」

藍里《アイリ》は目を伏せた。

その藍色の視線が向かう先は、彼女の両足だった。左右ともに、先のほうが丸まっていた。ストッキングを履いているわけでもないのに、足の指が確認できない。

「少し前のゲームで、失いました」と藍里《アイリ》は言う。

「雪山のゲームだったんです。ゲーム自体は、問題なくクリアできたんですが。予想外の豪雪で、なかなか迎えに来てもらえなくて……」

「……そっか。ついてないね」

「うんざりですよ、本当に」

その言葉には聞き覚えがあった。〈キャンドルウッズ〉で相対したときにも、そんなことを言っていた気がする。

「続けてたんだね、このゲーム」幽鬼《ユウキ》は言う。「前に会ったときは、金輪際関わりたくないって言ってたけど」

「今でもそう思ってます。でも、ほかに、〈これだ〉というものも見つからないので。仕方なく続けてます。辞め時を失って、とうとう三十を超えてしまいました」

幽鬼《ユウキ》は驚く。ということは、彼女は〈三十の壁〉を乗り越えたのか。

「最近、そういう娘も増えてきたよねえ」おっちゃんの声だった。幽鬼《ユウキ》と藍里《アイリ》、二人の視線が、工具箱を片手に備えたおっちゃんへと向いた。

「〈キャンドルウッズ〉のときにはどうなるかと思ったけど。業界全体、ダメージから回復しつつあるみたいで、よかったよ。わしとしても顧客数増大で嬉《うれ》しい限りや」

「……素直に喜べないですけどね、私は」

藍里《アイリ》は言う。「なんで？」とおっちゃんは聞く。

「プレイヤーが増えてきたってことは……そろそろまた、減るかもしれないじゃないですか。〈キャンドルウッズ〉みたいなゲームが、近いうちにまた起こるかもしれません」

なんとまあネガティブなものの考え方だろうと思った。

しかし、幽鬼《ユウキ》も、似たようなことを考えてはいた。こんな業界で、〈平和〉とか〈順調〉なんて言葉を耳にするほうがおかしい。この現状が、嵐の前兆であるとしか思えない。〈キャンドルウッズ〉の再来のことを思うと、例の殺人鬼と対峙《たいじ》したときよりもよっぽど、強い戦慄を幽鬼《ユウキ》は覚える。なんとなくゲームをこなしていたあのときとは違う。これまで必死にやってきただけに、四十回を積み上げてきただけに、それが崩される恐怖も、またひとしおだった。

（9／10）

義指の点検を幽鬼《ユウキ》はしてもらった。

作業の最中に忍者が乱入してくるとか、模造でない指をうっかり取り外してしまうとか、そのようなアクシデントは起こらず、いたって平和にメンテナンスは終了した。しかし、依然として、もやもやとしたものを残したまま、幽鬼《ユウキ》は屋敷を後にした。

その心が晴れるのには、もう少し時を待たないといけなかった。

さらに一ヶ月《かげつ》ほど時を進めて、四十四回目のゲーム。その不吉な回のゲーム――〈クラウディビーチ〉こそ、幽鬼《ユウキ》の新たな試練だった。

それにおいて、幽鬼《ユウキ》は戦うこととなる。

〈キャンドルウッズ〉で死んだはずの、あのプレイヤーの後継者と。

（10／10）

〈職人〉について
幽鬼の知ること

運営の医療は万能ではない。プレイヤーが負った怪我は、ゲーム後に修復される。〈防腐処理〉の恩恵も手伝ってほとんどの怪我は完治するが、それが叶わないケースも少なからずある。不可逆のダメージを負ってもゲームを続けたいというプレイヤーの要望に応え、義体をこしらえてくれる〈職人〉が存在している。

〈職人〉は運営の人間ではなく、第三者である。それなりのお金が動く殺人ゲームの業界ゆえ、周辺には、そのマーケットを狙う人間が多数うごめいている。プレイヤーが復帰してくれることは運営にとっても好都合なので、なかば公認、共生の関係である。運営みずから義体を提供しない理由は不明。職掌範囲外と捉えているのか、あるいは、自由市場に任せるのがベターと考えているのかもしれない。

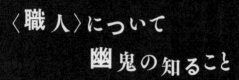

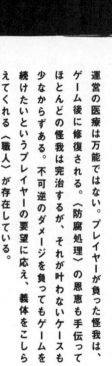

職人と名の付くものがおしなべてそうであるように、義体〈職人〉にも腕の良し悪しがあり、そして料金の多寡がある。幽鬼《ユウキ》の〈職人〉――おっちゃんの場合、元の人体と遜色がないぐらい、義体の性能は確かなもの。料金については、ご愛嬌。

運営の手の届かないサポートを提供する〈職人〉であるが、それでさえも万能ではない。一部のデリケートな器官については修復不可能であるし、仮に治せたとしても、総合的な機能において生身に勝るものはないと幽鬼《ユウキ》は考えている。道具とは一芸に特化するものであり、なにかに特化するということは、どこかに歪みが生じることを意味するからだ。

1.クラウディビーチ（44回目）――第一日

（0／11）

ドアノックの音で幽鬼《ユウキ》は目を覚ました。

（1／11）

ゲーム開始時、幽鬼《ユウキ》の目覚めはいつも遅い。

エージェントにゲームの舞台へと送迎してもらう際、開催場所の特定を防ぐために睡眠薬で眠らされるのだが、その薬品の効きが異様なまでによすぎるのだ。もう四十四回もゲームを続けているのにもかかわらず、その体質には少しばかりの改善も見られなかった。

一人暮らしを始めたばかりの大学生のように、今回もぐうぐうと幽鬼《ユウキ》は眠りこけていた。が、それは決して、無防備な姿をさらしているということとイコールではない。眠っているときでも、頭の隅は常に緊張させている。周囲で物音がすれば、さすがに目が覚める。それがドアノックの音——人に聞かせることを目的とした音なら、なおさらだ。

幽鬼《ユウキ》は起きた。

木造の部屋だった。大きさは、幽鬼《ユウキ》が普段通っている、夜間学校の教室ひとつ分ぐらい。板張りの床、壁、天井で区切られた空間に、キッチンやトイレ、シャワールームなど一通りの設備と、冷蔵庫やタンス、机にソファに絨毯《じゅうたん》など、一通りの家具が揃《そろ》っている。その家具のひとつであるベッドの上に、幽鬼《ユウキ》は眠らされていた。やはり木で作られているそれを見つめながら、こういう部屋のことをなんというのだったかな、と幽鬼《ユウキ》は考えた。ログハウス、ペンション、ヴィラ、それともロッジとかコテージとかだろうか。とりあえずここではコテージと呼ぶことにして、そのコテージが海の近くに建っているものであると、幽鬼《ユウキ》は即座に見抜いた。潮騒《しおさい》の音が聞こえていたし、綺麗《きれい》な青色が窓から差し込んでいたからだ。

ドアノックの音で幽鬼《ユウキ》は目覚めた。

――はずだった。なにぶん起きる瞬間のことだったわけだから、それがあったという確信はなかった。しかし、しばらくするとまた、屋内の人間を起こそうという確かな意志が感じられる、力強いドアノックの音が聞こえてきた。幻聴ではなかったようだ。

誰かが、ドアの前にいる。それが敵なのか、味方なのかは判断しかねるが、出てみないことには始まらない。幽鬼《ユウキ》はベッドを降りて、例によって木造である扉の前に立った。これを開けた途端、拳銃の筒先を扉に向けていたノックの主がぶっ放してくる可能性すら考慮しつつ、幽鬼《ユウキ》は扉を開けた。

そこにいたのは――。

「え」「えっ」

幽鬼《ユウキ》の声と、訪問者の声が、揃《そろ》った。

そこにいたのは藍里《アイリ》だった。綺麗《きれい》な藍色の瞳をした、幸の薄そうな娘。幽鬼《ユウキ》と同じ〈キャンドルウッズ〉の生き残りで、先月再会を果たしたばかりである娘。

「……やあ」

いつかと同じような挨拶を幽鬼《ユウキ》はした。

「……また会いましたね」と藍里《アイリ》は答えた。

言葉に困り、幽鬼《ユウキ》は藍里《アイリ》を観察した。

陶器のような肌が、惜しみなくさらされていた。水着姿だった。軽く下に引っ張ったら剥《は》がせてしまえそうな、オフショルダーのもの。両足は素足でもサンダルでもなく、足先までしっかりと覆われた、海用のシューズだった。

「あの……それ、よく似合ってるね」と幽鬼《ユウキ》は言ってみた。

藍里《アイリ》は、自分の水着を触って、苦い顔をした。

そして、「幽鬼《ユウキ》さんこそ」と言った。

そう言われて、やっと自分の服装に気づいた。藍里《アイリ》とはまた別種のものだったが——肌の総面積に対し、せいぜい一割程度が、ぴったりと密着する素材で覆われているにすぎなかった。

今回のゲームの衣装だった。

海のゲームで、水着だった。

（2／11）

コテージを出ると、穏やかな光が幽鬼《ユウキ》に降り注いだ。

そこはビーチだった。白い砂浜と、青々とした海原が広がっている。陸側は自然に覆われていて、先のふたつに匹敵するほど鮮やかな緑色を放っていた。リゾート地に旅行をした経験を持たない幽鬼《ユウキ》にとって、それは、写真の中でしか見たことのない絶景だった。空に目を向けると、やや色の濃い雲に覆われていた。ゲームの開始直後であることを考えると、おそらく、現時刻は早朝なのだろうと幽鬼《ユウキ》は判断を下した。

コテージは浅瀬に建てられていた。幽鬼《ユウキ》は藍里《アイリ》の後ろをついていって、くるぶしほどの深さがある海水をちゃぷちゃぷとやって、砂浜に上がった。波打ち際に沿うように、二人して歩いた。

ビーチには複数のコテージが設置されていた。全部で八つ、横一列に、等間隔で並んでいた。幽鬼《ユウキ》が寝かされていたのは、向かって右端のコテージだった。

そのふたつ隣——右から三番目のものを指差して、藍里《アイリ》は言う。「あそこが、私のコテージです」

「それぞれに、一人ずつプレイヤーが配置されていると見ていいでしょう」

「プレイヤー数八名か……」コテージと同じ数を、幽鬼《ユウキ》は言った。

藍里《アイリ》は、さらにふたつ左隣のものを指差した。

「あれが、古詠《コヨミ》さんっていうプレイヤーのコテージです。会ったことありますか？」

聞き覚えのない名前だったので、幽鬼《ユウキ》は首を振った。

「私と、その古詠《コヨミ》さんが、一足先に起きてたんです。ビーチをふらふら歩いていたら、ばったり出くわしまして。二手に分かれて、ほかのプレイヤーを起こしに行くことにしたんです。……あ、ちょうど出てきましたね」

藍里《アイリ》が言う。その視線の向かう先――左端のコテージから、二人のプレイヤーが出てきた。豆粒にしか見えないぐらい距離があったので、人相まではわからなかったが、その肌面積の割合から、二人とも水着姿であるということがわかった。

二人は、そのまた隣のコテージへと向かう。

「古詠《コヨミ》さんは左から、私は右から起こしていく段取りなんです。私たちも急ぎましょう」

藍里《アイリ》の歩く速度が上がった。幽鬼《ユウキ》も速度を上げた。

歩いて数分で、右から二番目のコテージに着いた。藍里《アイリ》が扉をノックすると、おそらくはすでに起きていたのだろう、コテージの主はすぐに扉を開けてくれた。

小学生ぐらいのプレイヤーだった。

年齢相応の、ワンピースタイプの水着を着ている。人形のような表情のない顔をしていて、今にもふわふわと浮かんでいきそうな、ぼうっとした雰囲気があった。

「ど……どうも」

その少女に、藍里《アイリ》は話しかける。

「はじめまして。藍里《アイリ》と言います」

少女は、ビームでも出てきそうな目力のある視線を、藍里《アイリ》に向けた。しばらくすると幽《ユウ》鬼《キ》に視線を移したので、そのタイミングで「幽鬼《ユウキ》です」と名乗った。

「日澄《ヒズミ》」

少女はそれだけ言って、黙った。

日澄《ヒズミ》――プレイヤーネームだろう。どうやら、会話の得意なタイプではないらしい。絵に描いたような〈不思議ちゃん〉だった。この少女と会うのは初めてである幽鬼《ユウキ》だったが、こういうタイプの少女とは、何度も会ったことがあった。あらゆる種類のはぐれ者が集まってくる業界なので、このようなプレイヤーは珍しくない。

プレイヤー全員で集合したいので一緒に来てほしい、と藍里《アイリ》は日澄《ヒズミ》に言った。彼女は首を縦に振って、――ふらふらとした足取りではあったが――ついてきてくれた。かくして三人となったパーティは、次のコテージを素通りした。そこは藍里《アイリ》のものだったからだ。

さらに次のコテージには、藍里《アイリ》に続き、またしても知っているプレイヤーの姿があった。

「うおっ……」

扉をくぐってきたそのプレイヤーに、藍里《アイリ》は、明らかに気圧《けお》されていた。

真熊《マグマ》だった。コテージの扉よりも大きな体を持つ、巨体のプレイヤー。これまでの三人と同じく彼女も水着だったので、ばきばきに鍛えられた肉体があらわになっていた。藍里《アイリ》のように声を出すことはしなかったが、幽鬼《ユウキ》も、悔しいがその姿には気後れしてしまった。まともにやり合ったら三秒でミンチにされると思った。

「なんだ？」

真熊《マグマ》は、藍里《アイリ》を見て言った。

一日中触ってても飽きそうにないほどたくさんに割れた真熊《マグマ》の腹筋から、藍里《アイリ》は目をそらした。「いえ、なにも」と藍里《アイリ》は言葉をつむぐ。

「集合したいので、ついてきてもらえますか」

真熊《マグマ》は了承、これにてパーティは四人となった。

幽鬼《ユウキ》たちが砂浜に上がると、向こうに別の四人組が見えた。古詠《コヨミ》と、彼女が起こしてきたプレイヤーたちだろう。

四人のうち先頭を歩いていた人物——おそらくは古詠《コヨミ》と思われる人物は、幽鬼《ユウキ》たちのチームに顔を向けて、それから、自分たちのすぐそばにあったコテージを指差した。左から四番目のもの——古詠《コヨミ》自身のコテージだった。その動作ののち、古詠《コヨミ》のチームはコテージに入っていった。どうやら、あそこを集合場所とするようである。

幽鬼《ユウキ》たちも古詠《コヨミ》のコテージに向かった。道すがら、「真熊《マグマ》さん」と幽鬼《ユウキ》は話しかけた。

「うん？」

「これで、何回目のゲームになります？」

「四十三。四十二回クリアだ」

その数字は幽鬼《ユウキ》の顔をほころばせた。「私は四十四回目です」

「まじか。抜き返されたな」

真熊《マグマ》は悔しそうな顔をした。クリア回数が多いから偉いという価値観は幽鬼《ユウキ》にはなかったが、それでも少し嬉《うれ》しかった。

「あの藍里《アイリ》って娘も、三十回らしいですよ」

前を歩く藍里《アイリ》に目を向けて、幽鬼《ユウキ》は言った。「知ってるよ」と真熊《マグマ》は言う。

「その三十回目のゲームに、あたしも居合わせたからな」

「え、そうなんですか」

初対面じゃなかったのか、と思う。

「大変だったね。雪山の山荘で、ずんぐりむっくりの雪男とバトルさ。ゲーム自体はなんてことなかったんだが、問題はそのあとだ。エージェントのやつら、予想外に吹雪が強すぎるんで、プレイヤーを迎えに来られないっていうんだ。しばらくは大人しく待ってられたんだが、三日四日と続くうちに、水も食料もだんだんと少なくなってきてね。しまいにはプレイヤー間で奪い合いの殺し合い。いろんな娘の〈三十〉にこれまで遭遇したけれど、あの手のは初めてだった。変な星のもとに生まれついてるよ、あいつは」

「あー……なんかわかります、それ」

幽鬼《ユウキ》は同意を示す。

「私のときもそうでした。彼女、〈キャンドルウッズ〉の生き残りなんですよ」

真熊《マグマ》は驚いた顔をする。「本当か？」

「ええ。初めてのゲームだったらしくて、〈切り株〉陣営……不利なほうの陣営に当たっちゃったんですけど、それでもうまいこと生き残ってましたね。すごいピンチにはなるけど、絶対死にはしないって感じなんじゃないかと思います」

「悪運が強いのかねえ」

そこまで会話したところで、前方を歩いていた藍里《アイリ》が、振り向いた。怒っているというほどではなく、睨《にら》んでいるというわけでもなかったが、〈やめてもらえますか〉というメッセージが多分にこもった視線を、幽鬼《ユウキ》と真熊《マグマ》の二人に向けてきた。その要望に二人は従った。

「三十オーバーがまた三人ですか」と幽鬼《ユウキ》は話題を切り替えた。

「いいや、四人だ」と真熊《マグマ》は言う。

「見てなかったか？　さっき、向こうのチームに永世《エッセイ》がいたよ」

永世《エッセイ》。ふわふわの髪を持つ、学者然とした娘。この前会ったときにはもう、すでに四十四回クリア——現在の幽鬼《ユウキ》や真熊《マグマ》を上回る記録を達成していたプレイヤーだ。

　さっきの四人組の中にいたらしい。けっこう距離があったのと、あまり目立つ容姿をしていないのとで、幽鬼《ユウキ》は見落としていた。

「四人もいるとなれば、まだほかにもいるかもな。そこのちびっこはどうなんだ？」

真熊《マグマ》は、小学生ぐらいの不思議ちゃん——日澄《ヒズミ》に目を向けた。が、彼女はといえば受け答えをすることはおろか、明後日《あさって》の方角を向いていて、目を合わせることすらしなかった。

　意思疎通を諦めたのだろう、真熊《マグマ》は藍里《アイリ》に顔を向ける。

「古詠《コヨミ》とかいうプレイヤーのほうは？」

「クリア回数はうかがっていませんが……でも、プレイヤーとして長く活動している人なのは、間違いなさそうです」

「簡単には勝たせてくれなさそうだな」

　八人のプレイヤー中、少なくとも四人が三十オーバー。頼もしいと見るべきか、それとも恐ろしいと見るべきか。もしもこのゲームが対戦型だったなら——プレイヤー同士の争いを前提としたゲームだったら——三十回を乗り越えたプロと戦って、生き残りの枠を勝ち取らなければならない。

〈キャンドルウッズ〉や〈三十の壁〉をものともしない悪運の強いプレイヤーや、対面しただけで敗北を認めてしまうぐらい屈強な体をしたプレイヤーと、死合《しあ》うことになるかもしれないのだ。

(3/11)

これまでにしたのと同じように、藍里《アイリ》は、古詠《コヨミ》のコテージにノックをした。

「勝手に入りな」

と返事があった。しわがれた声だった。かなり歳《とし》を食っていそうだったが、さっき見た四人の中に、そんなプレイヤーがいただろうか。仮にいたとして、こんな危険なゲームに出場できるのだろうか。ともかくも扉は開いているそうなので、幽鬼《ユウキ》たちはコテージに入った。

幽鬼《ユウキ》が目覚めたコテージと、同じ内装だった。部屋の中央に置かれたテーブルを、四人のプレイヤーが囲っていた。

うち一人は、知っているプレイヤーだった。

永世《エッセイ》だった。

真熊《マグマ》の言う通り、彼女はそこにいた。いつも通りの綿菓子のような髪と、学者然とした落ち着いた表情。水着の上からガウンを羽織っていて、あたかもそれが白衣に見えた。

ほかの三人は、幽鬼《ユウキ》にとって未知のプレイヤーだった。冷蔵庫にあったのだろうラムネを開け、飲んでいる娘が一人と、やたらにおどおどしている娘が一人。そしてもう一人は、やけに年増《としま》な感じのする女の人だった。

「座りなよ」

その年増な女性が言った。さっきのしわがれた声と同一だった。幽鬼《ユウキ》、藍里《アイリ》、日澄《ヒズミ》、真熊《マグマ》の四人は、おのおの適当な場所に腰を下ろした。

「まずは、自己紹介から始めようじゃないか」

ここにいる八人中、三人とは過去のゲームで会ったことがある幽鬼《ユウキ》だった。ほかのプレイヤーも、その様子からして、大なり小なりつながりがあるようだ。が、誰が誰を知っていて誰を知らないのかいちいち照合するのも面倒だし、このゲームの慣例でもあるので、一同は自己紹介を行なった。

後から来た幽鬼《ユウキ》たちが、先の順番を承った。プレイヤーネームが幽鬼《ユウキ》であること、四十四回目のゲームであることを話した。真熊《マグマ》が、さっき話した通りに四十三回目のゲームであること、藍里《アイリ》が三十三回目のゲームであることを幽鬼《ユウキ》は知った。日澄《ヒズミ》のクリア回数も聞けるかと思ったのだが、出会ったときと同じく、彼女は自分の名前をつぶやいただけだった。

残りの四人に順番が移る。

「まずは、私から行こうかね」

例のしわがれた声の人だった。

「古詠《ココミ》だ。ゲームはこれが二十回目。よろしく」

ものすごく歳《とし》を食った感じのプレイヤーだった。

見た目としては、二十代そこそこに見える。その肌にはしわひとつなく、白髪もなく、加齢臭を放っているようなこともない。いたって健康な若者だ。だがしかし、なぜだろう、ものすごく老婆めいた気配を彼女は持っていた。処女の生き血を浴びることで若さを維持していて、実年齢は百二十歳オーバーと言われても納得できるオーラだった。今回のゲームの衣装――海女さんが着ているような半纏《はんてん》が、よく似合っていた。

古詠《ココミ》は、詮索好きそうな目を幽鬼《ユウキ》に向けてきた。「お前、幽鬼《ユウキ》って言ったね」

「よーく知ってるよ、お前のことは」

「……？　会ったことありましたっけ」

「直接はないねえ。だが、話には聞いてる。お前の〈お師匠〉からね」

幽鬼《ユウキ》は息をし損なった。

幽鬼《ユウキ》の師匠。プレイヤーネーム、白士《ハクシ》。九十五回クリアの伝説的プレイヤー。彼女の下につき、指導を受けていた時期が、幽鬼《ユウキ》にはあった。このゲームにはよくある師弟関係のひとつだ。

彼女から幽鬼《ユウキ》のことを聞いたのだと古詠《コヨミ》は主張していた。しかし、それはおかしい。なぜなら——

「いつ聞いたんですか？　だって、師匠はもう……」

白士《ハクシ》はもう、他界している。

幽鬼《ユウキ》の九回目のゲーム——〈キャンドルウッズ〉で、命を落としたのだ。殺人鬼に手ずから解体され、肋骨《ろっこつ》の一本一本に至るまでばらばらにされた。その死体を、幽鬼《ユウキ》は確かに目撃した。

死んだはずの人間といかに出会い、いかにして幽鬼《ユウキ》の話を聞いたのか。その疑問に対する答えはなかった。古詠《コヨミ》は、にやにやと笑い、幽鬼《ユウキ》の反応を楽しんでいた。さらに詳しく問い詰めようとしたところで、隣にいた藍里《アイリ》に、肘でつつかれた。

「幽鬼《ユウキ》さん。この人、古参なんです」と藍色の娘は言う。

「古参？」

「〈キャンドルウッズ〉よりも前から、ゲームを続けているらしいんです」

幽鬼《ユウキ》は驚く。が、「別に、おかしなことじゃないだろう？」と古詠《コヨミ》は言う。

「なにも、あのゲームにみんながみんな参加してたわけじゃあないんだ。私みたいなのも、少なかれど存在はしているさ」

「〈キャンドルウッズ〉に……参加しなかったんですか？」

「エージェントが招待を持ってきたとき、嫌なものを感じてねえ。見送ることにしたのさ。そういう予兆を感じるのに、私は自信があるんだよ。この嗅覚のおかげでここまで生き延びてこれた」

〈キャンドルウッズ〉以前、幽鬼《ユウキ》たちより前の世代のプレイヤー。

であるならば、生きていたころの白士《ハクシ》に会っていたとしてもおかしくない。愚かな弟子をやっていたころの幽鬼《ユウキ》の話を、師匠から聞いていたとしてもおかしくはない。

「なるほどねえ……お前があの、幽鬼《ユウキ》かい」

なにがおかしいのか、ひひ、と古詠《コヨミ》は笑った。我が師匠から、私のことをどのように聞いていたのか――。ぜひとも問いただしたいところだったが、その前に、「流れを止めて悪いね」と古詠《コヨミ》は言った。

「次。お前に譲るよ」

その手が指し示したのは、学者然とした彼女だった。

「永世《エッセイ》です」

綿菓子のようなふわふわの髪を触りながら、永世《エッセイ》は言う。

「プレイ回数は、これが五十回目になります。よろしくお願いします」

その数字に反応を示したのは、真熊《マグマ》と藍里《アイリ》、そして幽鬼《ユウキ》だった。不思議ちゃんの日澄《ヒズミ》が無反応なのは当然として、古詠《コヨミ》をはじめとする残りの三名は、おそらく、幽鬼《ユウキ》たちがコテージに来るより前にそれを聞いていたのだろう。

五十回オーバーのプレイヤー。〈キャンドルウッズ〉以後には、初めてお目にかかる。三十回、四十回に並び、五十回は幽鬼《ユウキ》がマイルストーンとして見ている数字だった。なんといってもそれは、九十九回の折り返し地点を意味しているのだ。九十九回のことは永世《エッセイ》には関係のない話だろうが、それでも、そこにいち早く到達しているプレイヤーの存在には、尊敬と悔しさの両方を抱いてしまう。

「次、海雲《モズク》さんどうぞ」と永世《エッセイ》は言った。

海雲《モズク》と呼ばれたプレイヤーは、挙動不審にしつつ、「海雲《モズク》です」と口にした。

「えっと、その、十回目です。よろしくお願いします」

取り立てて特徴のない娘だった。おどおどしている感じが、初々しい。ゲームに不慣れな初心者にはよくある態度だったが、話を聞くに十回目のようだったし、この場合はゲーム本体ではなく、周囲のプレイヤー――その多くは三十回以上のベテランだ――を恐れているのだろう。例えば、隣に座っている筋骨隆々の姉貴だとか。

「あの、お願いします……」

と言って、海雲《モズク》は最後の一人を示した。ラムネを飲んでいた娘だった。

今はラムネだけではなかった。ほかのプレイヤーたちが自己紹介をしていた間に、その娘は、冷蔵庫からパック入りのたこ焼きを取ってきて、レンジで温め、ほかほかになったのを一心不乱に食っていた。海雲《モズク》に順番を譲られ、全員の視線が集中しているのにもかかわらず、彼女は食うのをやめなかった。ラムネとたこ焼きの両方が空になるまで一同を待たせて、ようやっと、「蜜羽《ミツバ》です」と彼女は言った。

「ゲームは三十回目です。よろしくです」

とんでもない数字を、彼女はさらりと出してきた。

〈三十の壁〉。この業界に存在するジンクスだ。三十回目のゲーム、ないしはその近辺のゲームでは、通常考えられないようなイレギュラーが発生し、プレイヤーの生還率が大きく下がる。幽鬼《ユウキ》も藍里《アイリ》も、真熊《マグマ》や永世《エッセイ》もおそらくは、その呪いめいた現象に苦労させられた。プレイヤーなら誰でも知っている常識であり、この蜜羽《ミツバ》という娘も例外ではないはずだ。

なのに、彼女からはまるで緊張感を感じられなかった。空になったラムネとたこ焼きのパックのこととも合わせて、ものすごいマイペースな娘だな、と幽鬼《ユウキ》は思った。

「私で最後ですかね？」

蜜羽《ミツバ》はほかのプレイヤーに視線を一周させた。そして、冷蔵庫に向かい、まだ食い足りないのか二パック目のたこ焼きを電子レンジにセットした。橙色《だいだいいろ》の光を受けて回転するプラスチック容器を眺めながら、彼女は語り出した。「しかし、なんなんでしょうね、このゲームは」

「ビーチに水着で、それ以外はなんもなしですか。……まあ、ラムネとかたこ焼きとかはありますけれど」

「普通に考えれば、脱出型かねえ」

彼女の持ち味であるしわがれた声を、古詠《コヨミ》が振るった。

「このビーチは、外界から隔絶されている。典型的な脱出型のステージ構成だよ」

東西南北、三方向までをこのビーチは林に囲われている。残る一方向には、言うまでもなく海がある。ビーチから出ようと思えば、それはあの林に分け入るしかないわけで——。

古詠《コヨミ》の言う通り、脱出型にありがちな舞台設定だ。

「なにはともあれ、まずは周囲の探索でしょうね」

永世《エッセイ》が言った。五十回クリアの威光が効いているのか、彼女の言葉は多くの視線を集めた。

「ルールについて考えるのは、それからでも遅くないでしょう」

反対意見はなかった。プレイヤーたちは続々と立ち上がった。

——たった一人、蜜羽《ミツバ》だけを残して。


（4／11）

蜜羽《ミツバ》を除く七名がコテージを出た。

砂浜に上がって、まずはそこを探索した。帯状に広い地形であり、端にいる人間が、もう片方の端からだと豆粒ほどにしか見えないほど、その横幅は大きい。メレンゲのような白色をしたそれを、幽鬼《ユウキ》たちはさんざんに踏み荒らしてやったのだが、これといった収穫は得られず、みんなの興味はそれを囲う林のほうに向いた。

林に踏み入った。七人のプレイヤーはいずれもゲームに慣れていたので、水着で林に分け入ることについて、難色を示した者はいなかった。

「直進してみましょう」

と永世《エッセイ》が言い、その通りになった。

もしもこれが脱出型のゲームで、ここを抜けることを課題とするものだったら、この林にトラップが満載されているというのがお決まりのパターンだ。しかし、なかった。皆無であるという証拠はなかったが、少なくとも幽鬼《ユウキ》たちプレイヤーの警戒網には引っかからなかったし、実際にトラップが作動することも、怪我《けが》をする娘が現れることもなかった。

プレイヤーは進み、進み、進み、進み、

そして、視界が開けた。

「――なるほどな」

そう言ったのは、真熊《マグマ》だった。

そこにあったのは切り立った崖だった。草生《くさむ》した地面が、食べかけのケーキのごとく、ある地点からごっそりと削られている。急角度なその斜面を下った先には、さっきのビーチで見たのと同じ、青色をした海がある。

横を見ると、崖がずっと続いていた。淵《ふち》に沿って歩いてみないと確かなことはわからないが、おそらく、この崖はビーチまで続いているのだろう。ビーチは林に囲まれていて、その林は、切り立った崖に囲まれている。

つまり——このビーチは、陸続きではないのだ。

孤島なのだ。

「……こうなると」

永世《エッセイ》は言った。難しいことを考えていそうな顔が、難しいことを考えているに違いない顔にランクアップした。

「〈脱出〉の意味が変わってきますね。真熊《マグマ》さん、お尋ねしたいことがあるのですが」

「なんだ？」

「水平線に、陸地は見えますか？」

その会話を聞いて、幽鬼《ユウキ》は水平線を見た。左から右までひと睨《にら》みしたが、陸は見えなかった。

「見えないな」と真熊《マグマ》も同じ報告をする。

「肩車でもしてみるか？」

「お願いします」

永世《エッセイ》は真熊《マグマ》の背中をのぼり、その肩に両脚をかけた。肩車の体勢だ。視線が高くなれば、水平線までの距離も増す。プレイヤーの中で最も背の高い真熊《マグマ》に永世《エッセイ》が質問したのも、肩車をしたのもそのためだ。二人の身長から永世《エッセイ》の股下の分を引いて、総高度は三メートルほどになっていたはずだが、それでも陸地は発見できなかったらしく、渋い顔で永世《エッセイ》は真熊《マグマ》から降りた。

「念のため聞いておきたいのですが。先ほどのビーチで、陸地を見たという人はいますか？」

返事はなかった。否、という意味だった。

「水平線までの距離って、確か、四キロぐらいだったな」真熊《マグマ》が言う。

「今回の場合、それよりも少し長いですね。真熊《マグマ》さんに肩車してもらった私の目線は、三メートルほどの高さにあったわけですから……」

水平線というものが存在するのは、地球が球体をしているからだ。丸みを帯びているがゆえ、ある程度行ったところからは見えなくなってしまうのだ。三平方の定理を利用した簡単な計算でその距離が求められることを、幽鬼《ユウキ》は学校で習った覚えがあった。

が、その付け焼き刃の知識が実を結ぶより先に、「六キロメートル強」と永世《エッセイ》が言う。

「今は崖の上に立っているわけですから、もう少しありますか。とまれ、決して近くない距離が開いているのは確かです。このゲームがもし脱出型なのだとすれば――」

なにもない水平線に向けて、永世《エッセイ》は言った。

「最低でもそれだけの距離、我々は海を行かないといけない」

六キロメートル強。その距離を幽鬼《ユウキ》は想像する。これまでの人生において、幽鬼《ユウキ》が泳いだことのある距離は、中学校の授業でやった五十メートルが最大だ。その数値にて六キロメートルを割ると、百二十。五十メートルプールを百二十回泳ぎ切るという計算になる。比較対象が小さすぎて、まったくイメージがつかない。

「……そんなの、無理じゃないか？」と言ったのは真熊《マグマ》。「体ひとつで泳ぐにしても、いかだを組むにしても、どっちに行けばいいのかもわからないで、出航なんてできやしないよ」

「おっしゃる通りです。ですから、もしもこのゲームが脱出型なのだとすれば、ほかにもなにかあると考えるのが自然でしょう。島の座標を記した地図、ないしは、島外との通信手段といったようなものが、どこかに潜ませてあるはずです」

あるいは、と永世《エッセイ》は続ける。

「そもそも、このゲームは脱出型ではないのかもしれません」

その言葉に、肩を動かしたプレイヤーが一人いたのを幽鬼《ユウキ》は見逃さなかった。上級者揃《ぞろ》いのこのゲームに放り込まれたあわれな少女、海雲《モズク》だった。

このゲームが脱出型ではなく、対戦型であるかもしれないと思っているのだろう。その場合、ここにいるプレイヤーが敵に様変わりする。現在の海雲《モズク》の気持ちを幽鬼《ユウキ》は想像してみる。もしも自分が十回目のゲーム――確か〈スクラップビル〉だったか――にて、三十回や四十回、ひょっとしたら五十回目のプレイヤーと争う羽目になったとしたら？　――絶望の一言だ。

そして、その絶望の可能性は、今のところ割合大きい。なぜなら、ここに至るまでの道中、トラップらしきものはひとつも発見できなかったからだ。命懸けのゲームであるにもかかわらず、人を死に至らしめるようなものが見当たらない。ここに七つ、ビーチに一つある、手と足の二本ずつついた生命体を除けば。

しかし、一方では楽観的な見方もある。このゲームは脱出型でも対戦型でもなく、先日の遊園地のような生存型のゲームである。プレイヤーは百日間この島に滞在し、運営の用意した救助船がやってくるまで、サバイバルをしなければならない。外界から隔絶された孤島という環境、それこそがプレイヤーを死に至らしめるというわけだ。また、当初の予想通り脱出型である可能性も、むろん残っている。ボトルに入った船の設計図が浜辺に流れ着いていて、ビーチで遊んでいる蜜羽《ミツバ》が、今頃はそれを拾ってためつすがめつしているかもしれない。

　天国か地獄か。それを突き止める方法は、ひとつしかない。

「探索を続けましょう」と永世《エッセイ》は言った。


（5／11）


　ぐるりと一周回ったのだが、やはり、孤島だった。

　島の大きさは、外周を回っても、一時間で一周できるぐらい。あの砂浜以外は、どこもかしこも木々で覆われている。外周だけでなく林の中も探し回ったのだが、あのコテージのほかに建造物は発見できず、人工物らしきものも、ゲームの映像を届けるための監視カメラを除き、見つからなかった。プレイヤーたちは空手でビーチに戻った。

　すでに、日が沈みかけていた。

「あ。おつかれさまです、みなさん」

　そのようにプレイヤーたちを出迎えたのは蜜羽《ミツバ》だった。ひと泳ぎしてきた直後らしく、浮き輪を肩から下げ、全体的に濡《ぬ》れていた。砂浜に、水滴が点々と続いている。

「…………」

　幽鬼《ユウキ》たちは、それを無視した。何時間も歩き回っていたので、〈お前一人だけ遊んでんじゃねえよ〉と文句をつける元気も、なかったのだ。

「蜜羽《ミツバ》さん」

ただ一人、永世《エッセイ》だけが彼女に話しかけた。

「はい」

「なにか、ゲームに関してわかったことはありましたか？」

「いえ、なにも。ずっとこの辺にいたので、なんもわかんないですね」

「………」

永世《エッセイ》は、蜜羽《ミツバ》から視線を外した。赤く染まった空を見て、「休みましょうか」と言った。

「日も落ちてきましたし、明日、仕切り直しましょう」

そのとき風が吹いた。夕方ゆえ、いくぶん冷えたそれが、普段よりも多く露出しているプレイヤーたちの肌に当たった。

「水着のまま、寝なきゃいけないんでしょうか」身を縮めて藍里《アイリ》は言う。

「いくら布団を被《かぶ》ったとしても、このままでは寒いですよ」

「着替えはなかったですねー」蜜羽《ミツバ》が答える。「追加の毛布と、替えの水着はたくさんありましたけれど。お洋服は一枚もありませんでした」

ないだろうな、と幽鬼《ユウキ》は思う。ゲームの衣装以外に、衣類が用意されているわけがない。替えの水着はたくさんあるそうだから、永世《エッセイ》の着ているガウンや、古詠《コヨミ》の半纏《はんてん》など、比較的布面積の多い衣装をほかのプレイヤーから借りるぐらいが、防寒対策としてできることのせいぜいだろう。

明日の朝、今日と同じく古詠《ココミ》のコテージに集合することを約束し、その日は解散となった。プレイヤーたちは、それぞれのコテージに戻った。

自分のコテージの扉を見て、それをロックするものがないことに、幽鬼《ユウキ》は気づいた。このコテージには、鍵がかからない。与えられる力のままに、扉は開閉する。

それは、いつ誰が忍び込んできてもおかしくないということだ。

幽鬼《ユウキ》はコテージに入った。今朝見たのと同じ配置で、同じだけの家具があった。そのうちのひとつ、五段重ねの立派なタンスに幽鬼《ユウキ》は目をつけると、両手で抱えてそれを持ち上げた。

そして、扉の前にまで運んだ。

バリケードだった。

具体的な脅威を想定していたわけではないが、念のためだ。水着のまま寝ることはできても、鍵のかからない部屋で眠れるほど、幽鬼《ユウキ》は無神経ではない。この扉は外開きなので、つっかえにはならず、障害物としての機能しか期待できないのだが、それでもないよりは確実にマシだった。

そうしてから、幽鬼《ユウキ》は夕食にとりかかった。昼に約一名飲み食いしていたやつがいたおかげで、冷蔵庫の中身を幽鬼《ユウキ》は知っていた。ぎっしりと詰められていたのは、ラムネと、たこ焼きや焼きそばをはじめとする、ビーチにお似合いな食品たち。冷蔵庫の上にはレンジが置いてあって、プラスチックの容器ごと温めても大丈夫であることは確認済みだった。一日中歩き回ったがゆえ、腹は空腹感を強く訴えていたが、何日滞在すればいいのかもわからない現状、蜜羽《ミツバ》のように後先考えず手をつけることはためらわれた。腹八分目にとどめておいた。おいしかった。

シャワーを浴びて、着替えて、備え付けの歯ブラシで歯を磨いてベッドに入った。

熟睡するつもりはなかった。バリケードを張りはしたものの、あの程度で安全が保証されたとは思わない。強く蹴り飛ばしただけでも突破できる程度のものだし、決して丈夫そうではない窓もコテージにはついている。幽鬼《ユウキ》の部屋に忍び込もうと企てる者がいたとするなら、あんなもののクソの役にも立たないだろう。異変があればすぐ起きられるよう、あえて浅く眠らなければならない。

そういう器用な眠り方を幽鬼《ユウキ》は心得ていた。日をまたぐゲームにおいては、必須の技術だ。三十オーバーのプレイヤーなら——いや——海雲《モズク》や古詠《コヨミ》も、プレイ回数不明の日澄《ヒズミ》も、おそらくは身につけているであろう、この業界の人間ならできて当然の技術だった。時を置かず、希望する深さの眠りに幽鬼《ユウキ》はつくことができた。

幸い、無事に目を覚ますこともできた。

（6／11）

ドアノックの音で幽鬼《ユウキ》は目を覚ました。

（7／11）

それが耳に入った瞬間、幽鬼《ユウキ》は飛び起きた。幽鬼《ユウキ》に近づこうとする影がもしあったとするなら、両腕を使い、勢いよく布団を撥《は》ね上げた。これで視界を覆われてしまうだろう。さらに、ほとんど足の力だけを使ってベッドの上に立ち、ファイティングポーズをとった。

しかし、独り相撲だった。

コテージの中には、幽鬼《ユウキ》以外、誰もいなかった。

気恥ずかしいものを感じつつ、幽鬼《ユウキ》は緊張を解いた。それと同時、こんこん、というノックの音が繰り返した。昨日も聴いたやつだ。

さらによく耳を澄ますと、「幽鬼《ユウキ》さん、幽鬼《ユウキ》さん」という、呼びかける声が繰り返しているのが聞こえた。その声から訪問者の正体を読み取りつつ、幽鬼《ユウキ》は扉に向かった。

そして、そこに置かれていたものに、顔をしかめた。

タンスだった。

昨日、バリケードにしたのだった。うっわめんどくせ、と一番目に思った。誰だよこんなの置いたの、と二番目に思い、昨晩のお前だよ、と三番目に思った。寝起きゆえうまく力の入らない両腕を使い、幽鬼《ユウキ》はそれをどかして、扉を開けた。

訪問者は藍里《アイリ》だった。

「おはよう」と幽鬼《ユウキ》は言った。

だが、藍里《アイリ》は、なかなか返事をしてくれなかった。

彼女は、息を切らしていた。ほおが紅潮していた。風邪をひいているのでないとすれば、幽鬼《ユウキ》のコテージまで全力疾走してきたのだろうか。疾走してきたのだとすれば、それはなぜだろうか。

あからさまにほっとした様子で、「おはようございます」と藍里《アイリ》は言った。

「それ、扉の前に置いてたんですか？」

彼女の視線が、幽鬼《ユウキ》よりも奥に向かった。バリケードの任を解かれたタンスを見ていた。

「うん、まあ、警戒しとこうと思って」幽鬼《ユウキ》は答える。

「……ファインプレーかもしれませんよ、それ」

「え？」

「とにかく、来てください」

藍里《アイリ》は幽鬼《ユウキ》の手をつかみ、引いた。体重が前に寄っていくのを感じながら、幽鬼《ユウキ》は言う。

「え、待って、支度がまだ……」

「あとにしてください」

空いているほうの手で幽鬼《ユウキ》は自分の髪を触った。寝起きゆえ、ぼさぼさだった。朝の身だしなみは、幽鬼《ユウキ》にとっては普通の人間よりも重要なイベントだ。もともとが幽霊みたいな雰囲気を備えているものだから、寝起き姿のみすぼらしさが、いっそう強烈になってしまうのだ。

この姿を見てなおも〈あとにしろ〉と言えるような——藍里《アイリ》をここまで焦らせることのできる事態といえば、なんだ？

そんなの、ひとつしか考えられない。

（8／11）

ビーチに出ると、ほかにも五人のプレイヤーがいた。

熊のような巨体を持つプレイヤー、真熊《マグマ》。対話のほとんど成立しない不思議ちゃん、日《ヒ》澄《ズミ》。〈キャンドルウッズ〉以前からいるらしい古参プレイヤー、古詠《コヨミ》。挙動不審が今日もおさまらない十回目のプレイヤー、海雲《モズク》。協調性皆無なところを昨日さんざん披露した自由人の蜜羽《ミツバ》もいた。

全員の視線がコテージを出てきた幽鬼《ユウキ》に集中した。七人のプレイヤーが、そこにいた。幽鬼《ユウキ》と藍里《アイリ》を合わせて、七人のプレイヤーが、そこにいた。私生活の大半をジャージで過ごしている幽鬼《ユウキ》だったが、人並みの恥じらいは有しているつもりだった。幽霊感の五割増しな、みすぼらしい姿を見られてたいへんに恥ずかしい。

「なにしてたんだい？」

挨拶を抜きに、真熊《マグマ》が聞いてきた。

「普通に寝てました」と幽鬼《ユウキ》は答える。

「……本当、ねぼすけだね、あんた」

真熊《マグマ》は言う。過去のゲームで、幽鬼《ユウキ》の質《たち》を彼女は知っていた。

「あの、なにがあったんですか？」

薄々予想はついていたのだが、幽鬼《ユウキ》は聞いた。

「その……一人いませんけど」

プレイヤーたちは、顔を見合わせた。その反応も予想済みだった。

「朝、古詠《コヨミ》のコテージに集合するって、昨日言ったろう？」真熊《マグマ》が言う。

「はい」

「で、今がその朝だ。集まったのが、あたしら六人。あんたと永世《エッセイ》だけが来なかったから、コテージまで迎えに行くことにした。あんたのところには、昨日と同じく藍里《アイリ》が。永世《エッセイ》のところには、過去のゲームで面識のあるあたしが」

学者然としたプレイヤー、永世《エッセイ》。

あたかも彼女が乗り移ったかのように、真熊《マグマ》は難しい顔をした。そして、等間隔に並ぶコテージのひとつに目を向けた。

「あの、左から三番目のやつが永世《エッセイ》のコテージだ。古詠《コヨミ》の隣だな。あんたのコテージはいちばん端にあるわけだから、藍里《アイリ》よりもあたしのほうが先に着いた。ノックをして、反応がなかったんで、勝手に入って……」

真熊《マグマ》の眉間が、しわを深くする。

「そして、全員をそこに呼んだ」

空気が張り詰めたのを幽鬼《ユウキ》は感じた。プレイヤーは全員——あの蜜羽《ミツバ》でさえも多少は——真面目な顔をしていた。

「もしかしたら、あんたも同じ目に遭ってるかもしれない。そう考えるのは自然だった。だから、藍里《アイリ》が全速力であんたのコテージに走った。幸い、あんたはなんともない顔で出てきて、こうして現在に至るってわけだ」

「無事でよかったです」

藍里《アイリ》は言う。見たくもないものを我慢して見ているかのようないつもの顔を、彼女は取り戻していた。

「永世《エッセイ》さんは……」幽鬼《ユウキ》は彼女のコテージを見て、「まだ、あそこにいるんですか？」

「ああ」

幽鬼《ユウキ》は、ぼさぼさの髪を触り、布団の繊維が付着しまくっている自らの姿を見た。

「あの、真熊《マグマ》さん」

「なんだ」

「この格好で彼女に会っても、無作法じゃないと思いますか？」


（9／11）

コテージに、永世《エッセイ》の遺体があった。

（10／11）

このゲームのプレイヤーは、〈防腐処理〉という人体改造を受けている。その効果は多岐にわたるが、中でも特に重要なのは流血の変化現象だ。プレイヤーの体から流れ出した血液は、たちまち凝固し、白いもこもことした物質に変わる。なので、プレイヤーにとって、〈血の色〉とは赤色ではなく白である。凄惨さを意味するカラーも、赤色でなく白である。布団からわたが飛び出しているのを見ただけでどきりとしてしまうぐらい、その事柄は幽鬼《ユウキ》の骨身に染みていた。

部屋中、白いもこもこで覆われていた。

ぬいぐるみを破いたかのような、泡風呂をひっくり返したかのような、人工降雪機を全力で回したみたいなありさまだった。部屋の中央に置かれたテーブルの上に、〈それ〉はあった。白いもこもこに覆われていたものの、彼女のトレードマークである綿菓子のような髪がのぞいていたので、その正体を知るのは造作もないことだった。

永世《エッセイ》の遺体だった。

より正確にいえば、彼女の頭部と胴体部分だった。手足は周囲にばらまかれていた。比較的はっきりと形を残していたので、それらを見つけるのに幽鬼《ユウキ》は苦労しなかった。左腕はソファの上に、右腕はベッドの上に、両脚はまとめてタンスのそばに落ちていた。形こそ残っていたものの、関節はへし折られ皮膚は破かれ、爪は剥《は》がされ指もあったりなかったりだった。

手足がそうなのだから、テーブル上の胴体部分はますますご健勝ではなかった。アジの干物がされているみたいに、彼女の胴体は開かれていた。肋骨《ろっこつ》が、ちょうど五本、救いを求める手のように上を向いている。その五本以外も決して無事ではなく、折れていたり、ベッドに突き刺してあったりして、元の位置に留《とど》まっているものはおそらく一本もない。心臓、胸を守るための装甲が破られているのだから、その奥が無事であるはずもなかった。肺、ならびにほかの臓器群も、警察に押収された品物のごとく整然と並んでいた。多くは扉の近くに配置されていて、コテージの扉を開けた幽鬼《ユウキ》が、その姿勢のまま動くことができなかったのにはそういう事情もあった。

むごたらしい遺体だった。

しかし、幽鬼《ユウキ》が戦慄したのは、その凄惨さのためではなかった。

「幽鬼《ユウキ》さん」

後ろから声をかけられた。藍里《アイリ》だった。

「これって……〈あれ〉ですよね」

ほとんどなにも表現していない言葉だった。だが、幽鬼《ユウキ》はその意味を理解した。

そう。こうした遺体に、幽鬼《ユウキ》は見覚えがあった。

もちろん、永世《エッセイ》が死んでいるのを見たのは初めてなのだが、これと似た状態のものを目撃したことがあった。忘れもしない、幽鬼《ユウキ》の九回目のゲーム――〈キャンドルウッズ〉。我が師匠である伝説のプレイヤー、白士《ハクシ》の遺体。殺人鬼直々に解体された、あの遺体にそっくりだった。

だが、白士《ハクシ》同様、あの殺人鬼も死んだはずだった。

ほかならぬ幽鬼《ユウキ》が、その命を終わらせたはずだった。笹《ささ》の葉を模《かたど》ったナイフで、全身を滅多《めった》刺しにしてやった。ナイフを握る左手ごと、殺人鬼の腹の中に侵入させたときの手ごたえを、幽鬼《ユウキ》は今でも鮮明に思い出すことができた。

なのに。

それなのに――どうしてこれがここにあるんだ？

（11／11）

2.クラウディビーチ（44回目）——第二日

（0／15）

〈キャンドルウッズ〉。

幽鬼《ユウキ》の九回目のゲームにして、プレイヤーとして生きていく決断のきっかけになったゲーム。この上なく特別な意味を持つゲームなのだが、それはなにも、幽鬼《ユウキ》に限って言えることではなかった。この業界において〈キャンドルウッズ〉のことを知らぬ者はない。〈キャンドルウッズ〉以前、以後という言われ方をするほど、特別なゲームとして認知されている。

そんなにも〈それ〉が有名なのは、参加人数と、生還率の低さによるものである。ふたつの陣営を合わせて、総人数三百三十名。それに対し、ゲームをクリアし生還した者はごく少数。参加者の大半——当時の常連だったプレイヤーの大半が、とあるプレイヤーが大暴れしたせいで死亡した。

そのプレイヤーの名前は、伽羅《キャラ》という。

伽羅色の髪をした、殺人鬼。生き残るためではなく、殺すためにゲームへ参加していた女。通常のプレイヤーとは真逆であるその能力を存分に振るい、伽羅《キャラ》はこの業界を瀕死《ひんし》へと追い込んだ。

それから長い時間が経《た》った。

彼女の与えたダメージは、完治しかけているはずだった。
しかし——永世《エッセイ》の遺体。あの殺人鬼を彷彿《ほうふつ》とさせる、ばらばらにされた骸《むくろ》。それは、なにもかもを、再び無に帰しかねないものだった。

（1／15）

古詠《コヨミ》のコテージに、七人は集まった。

（2／15）

昨日と同じく、机を囲んだ。
昨日と同じでないところはふたつだけ。さすがに食べる気分にならなかったのか、それとも単純に腹が減ってないだけか、蜜羽《ミツバ》が冷蔵庫を開けなかったというのがひとつ。もうひとつは、言うまでもない、人数が一人減っているということだった。
問題のその一人——永世《エッセイ》の遺体は、ひとまずそのままにしておいた。〈防腐処理〉のこともあるし、放置しておいても腐る心配はなかろうと、プレイヤーたちは朝の集会を先に済ませることにした。

議題はもちろん――。

「――気になることは、いろいろとあるがね」

そう言ったのは、古詠《コヨミ》だった。

昨日と同じしわがれた声に、昨日と同じ半纏《はんてん》だった。どうやら、彼女が議長を務めてくれるらしい。

「考えるべきことは、ひどくはっきりしてるねえ。――どうして死んだ？」

はっきりと古詠《コヨミ》は発音したので、その言葉を聞き損じたものはなかっただろう。

どうして永世《エッセイ》は死んだのか。論をまたない、命懸けのゲームだからだ。昨日のうちにはついぞ判明しなかった、このゲームの命懸けである部分が顔を見せ、その鋭い牙で彼女をひと噛《か》みしたのだ。

「すぐにわかることとしては……」

真熊《マグマ》が言った。いつものタフな顔つきを、彼女は維持していた。

「ありゃあ、明らかに他殺だ。あそこまで丁寧にばらすのは、生物の力でなけりゃあ、ありえない」

当初、このゲームは脱出型ではないかと思われていた。特定空間からの脱出を目指すプレイヤーを、危険なトラップが待ち構えるという種目である。

しかし、そのトラップで永世《エッセイ》が死んだものとは思われなかった。自動の装置にしては破壊が丁寧すぎるし、幽鬼《ユウキ》がさっき見た限り、コテージ内にそれらしきものは発見できなかった。幽鬼《ユウキ》たちのコテージになにもなかったのに、永世《エッセイ》のところにだけはあったと考えるのも、不自然である。

永世《エッセイ》は、誰かにやられたのだ。

「問題は、それがどこの誰かってことだ。調教された動物がやったのかもしれないし、運営の用意した刺客かもしれない。もしくは……」

真熊《マグマ》は語尾を濁した。だが、そこに続くものは明らかだった。

「一応、はっきりと認識を共有しておこうかねえ」と古詠《コヨミ》。「ふたつの可能性が私たちの前に横たわっているわけだ。ひとつは、この島に、私たち以外の何者かがいる。その何者かはプレイヤーを襲うことを命じられていて、永世《エッセイ》のやつは、それにやられた」

この前、幽鬼《ユウキ》が四十回のクリアを記録した遊園地のような、生存型のゲームというわけだ。その場合、ここにいる七人、全員で協力して事に当たれる。

「確率は低そうだがね」と真熊《マグマ》が言う。「昨日、さんざん島を探索したんだ。そんなのがいたら、昨日のうちに出くわしてなきゃおかしい」

「そうだ。ということは、低くなった分の確率はもうひとつの可能性に回る。この島には正真正銘、プレイヤー八人しかおらず——その中に、犯人がいる」

プレイヤーたちの間で、視線が行き交った。

「考えてみれば……この状況、もろじゃないか。逃げ場所のない絶海の孤島で、一夜明けるとばらばらの遺体が見つかる。サスペンスの手本といってもいい舞台設定さ。こいつはきっと、そういうゲームなんじゃあないかねえ」

クローズドサークル——というのだったか。

絶海の孤島や吹雪の山荘など、外界との連絡が絶たれた空間で、巻き起こる殺人事件を扱った作品群。ミステリはおろか小説すらもめったに読まない幽鬼《ユウキ》なので、実際にそういった作品に触れたことはなかったが、言葉としては知っていた。

「……この中に犯人がいたとして」蜜羽《ミツバ》が言った。両手で頬杖《ほおづえ》をついていた。「永世《エッセイ》さんを殺したのは、どうしてですか？」

「むろん、それがそいつにとっての勝利条件だからさ。お前が〈犯人役〉だよ、と、事前に言い含められたプレイヤーがこの中にいるのさ。想像するに、一定の人数……二人か三人ぶっ殺さないといけないんじゃないかねえ」

二人か三人——。ゲームの平均生還率を考慮した数字だろう。ほとんどのゲームは、プレイヤーの半数以上が生還できる設計になっている。たぶん三人ではないかな、と幽鬼《ユウキ》は予想を立てる。

「私たち……犯人じゃない人たちの勝利条件は？」

「さあねえ。ただ生き残るだけでいいのか、それとも、犯人当てをしないといけないのか。あるいは、昨日話に出た通り、えっちらおっちらいかだを漕《こ》いで、島から出なきゃいけないってこともあるかもしれないねえ」

「今のところ、生き残るだけでよさそうですけどね」

幽鬼《ユウキ》が言った。「どうしてだい？」と古詠《コヨミ》が聞く。

「ルールの開示が、いまだなされてないからですかね。もしも犯人当て……探偵ごっこをプレイヤーにやらせたいのなら、もっとわかりやすく伝えてきそうじゃないですか？　ゲームの舞台は怪しげな洋館で、衣装も、ハンチング帽とかトレンチコートにしたりとかして。現状出てる情報だけで、現場を捜査して犯人当てをしろなんていうのは、さすがに無茶振りがすぎると思います。島からの脱出は、昨日も考えた通り、見るからに困難そうですし」

なるほどな、という顔を古詠《コヨミ》はした。幽鬼《ユウキ》は続ける。

「ルールがいまいちはっきりしないのは、要求されていることがないからじゃないですか？〈犯人役〉以外のプレイヤーはなにもしなくてもよくて、ただ、一定期間生き残ればゲームクリア。〈犯人役〉は、その一定期間内に、一定の数を殺さないといけない」

幽鬼《ユウキ》は冷蔵庫に目を向けた。

「あれ、開けていいですか？」「……？　好きにしな」と古詠《コヨミ》に許可を取って、幽鬼《ユウキ》は中身をのぞいた。パックに詰められた食料と、ラムネが冷えている。

「昨日、これ、何個食べました？」

「二つだ。蜜羽《ミツバ》のやつが食いやがった分と合わせて、四つ減ってるはずだよ」

「じゃあ、最初は二十一食分あったわけですか」

冷蔵庫には十七個のパックが残っていた。昨日消費された四つと合わせて、二十一個。きりよく二十個ではいけない理由があるとすれば、ただひとつ。

「ゲームの期間は一週間、ってことかい」

小学生でもできる計算だ。二十一食を、一日三食で割れば七日。パックひとつは一食分というにはやや量が少ないし、生きるか死ぬかのゲーム中に三食きっちり食べたがるプレイヤーもそうはいまいが、この数には、そういうメッセージが込められていると見ていいだろう。

「断定は危険ですけどね」

幽鬼《ユウキ》は冷蔵庫を閉じる。

「証拠はないです。貴重な食料である以上、後先考えず消費するのは止《よ》したほうがいいでしょう。自分で言うのもなんですが……私こそが〈犯人役〉で、それっぽい嘘《うそ》をついてる可能性もありますし」

古詠《コヨミ》の言う通り、犯人当てをする必要が本当にあるかもしれない。ルールがはっきりしないのは、プレイヤーの探索がまだ足りていないからかもしれない。一定期間を待てばクリアになりそうだからといって、コテージで食っちゃ寝する気は、幽鬼《ユウキ》にはない。

古詠《コヨミ》は、蜜羽《ミツバ》を睨《にら》んだ。「貴重な食料だそうだよ」と、嫌味ったらしい声で言う。「昨日食った分、返しなよ、お前」

「えー」

「えーじゃないよ。いいかい、この集会が終わったらお前のコテージに行くからね」

――集会が終わったら。

その言葉が刺激したのだろうか、海雲《モズク》が言った。「あ、あの……」

「そのことなんですけど……今日、これからどうするんですか？」

プレイヤーたちの視線が、不安げな顔の娘に集中する。

「昨日みたく、全員で固まって行動する……んですか？」

トロの脂のごとき、こってりとした不安を含んだ声だった。

不安の理由は聞くまでもなかった。〈犯人役〉が、この中に紛れているという不安からだ。全員足並み揃《そろ》えて行動をともにするということは、すなわち、〈犯人役〉と同じ時間を共有するということを意味する。

むろん、小学生の集団登校等の事例を見てもわかる通り、一人でいるより固まっていたほうが安全ではある。全員一緒にいれば、〈犯人役〉もそうは簡単に事を起こせまい。とはいえ、不安になるのは幽鬼《ユウキ》にも理解できる。

「あたしはごめんだね」

沈黙を破ったのは、真熊《マグマ》だった。

「この中に犯人がいるってことは、ほぼ確定なんだ。それと一緒に行動するなんて、危険きわまりない。あたしは一人でやらせてもらうよ」

「絶対やっちゃいけないやつですよ、それ」蜜羽《ミツバ》が笑った。「一人になった人から殺される。この手のサスペンスのお約束じゃないですか」

「あたしは簡単にやられないよ」

しかし、真熊《マグマ》は同じ強さで応じた。

「ここにいる全員が敵に回ったとしても——返り討ちにしてやる」

同じ強さで言葉を返せる者は、いなかった。

熊のような、巨体のプレイヤー。あの体がはりぼてでないということを、これまでのゲームで幽鬼《ユウキ》はよく知っている。正面きっての果たし合いで、彼女に敵《かな》うプレイヤーはいない。ここにいる六人を同時に相手して勝利できると豪語するのも、ビッグマウスとは言い切れない。

彼女にとっては、一人で行動したほうが安全なのだ。単独でいることの危険よりも、近くにいる人間から不意を突かれるリスクのほうが、はるかに大きい。

「群れたいやつは勝手にすればいいさ。だけど、あたしはパスさせてもらう」

「わたしも」

聞き慣れない声がした。

声の方向を見ると、日澄《ヒズミ》だった。昨日は数えるほどしか口をきかなかった、ぼうっとした娘。

「わたしも、ひとりがいい」

「……足並み揃《そろ》えてって柄じゃあないねえ、お前たち」

言って、古詠《コヨミ》は苦笑いした。

「まあ、いいんじゃないかい。おのおのがおのおの、好きにするんでさ。なにもまだ、この中に犯人がいると決まったわけじゃないんだ」

内部犯人説が有力になっているのは、昨日の探索でなにも見つからなかったからだ。しかし、それだけでは根拠として貧弱である。昨日は偶然出くわさなかっただけかもしれないし、夜のうちに、運営の放った刺客が上陸していた可能性もある。プレイヤーのほかに犯人がいる可能性も、十分残っている。

「ただし。……好きに行動するといっても、ずっとてんでんばらばらってんじゃあ、まずいよねえ。誰が生きてて誰が死んでるのかもわからないんじゃ、やりにくかろう？　そこで、どうだい、朝一番だけは、こうして集会をすることにしようじゃないか。自分が昨日、どこでなにをしていたのか、発見したものはないか、報告しあうのさ。今後は各プレイヤー、おのおのの判断で自由に動いてもらって構わないが、毎朝ここに集まることだけは義務とする。それでどうだい？」

古詠《コヨミ》は、日澄《ヒズミ》と、そして真熊《マグマ》に目を向けた。

「なにも、常に一人でいたいってわけじゃあないんだろう？」

「……まあな」

真熊《マグマ》は言った。無表情を、おそらくは繕っていた。

「報告会をするって……なにからなにまで、正直に話さないといけないのか？　その会合、黙秘権は認められるのか？」

「別に、構わないさ。少なくとも〈犯人役〉は正直者じゃいられないだろうし……それ以外のプレイヤーだって、まるっきり味方同士ってわけじゃないからねえ。黙っときたいことは黙っときなよ。正直に話しておいたほうが、〈犯人役〉だと疑われずに済むとは思うがねえ」

古詠《コヨミ》の牽制《けんせい》に、「ふん」と真熊《マグマ》は鼻を鳴らす。

このゲームに対するプレイヤーのスタンスは多様だ。幽鬼《ユウキ》のように、比較的他人と協力してクリアを目指すタイプもいれば、真熊《マグマ》や日澄《ヒズミ》のような個人主義者もいる。〈犯人役〉

がそのことを隠すのは当然として、そうでないプレイヤーも、自分が首尾よく生き延びるため、なんらかの情報を秘匿するということはありえる。

「ほかに質問のあるやつは？」古詠《コヨミ》は、プレイヤーたちに視線を一周させた。口の開いている者がいないのを確認して、「それじゃあ、解散だ」と言った。

「また明日会おう。願わくはお互い、元気な姿でね」

（3／15）

最初に出ていったのは、真熊《マグマ》だった。

その次が、日澄《ヒズミ》。三番目に蜜羽《ミツバ》が出て行こうとして、「お前は居残りだよ」と古詠《コヨミ》に止められた。唇を尖《とが》らせながらも座り直した。そのほかの三名――海雲《モズク》と藍里《アイリ》と、そして幽鬼《ユウキ》は、立ち上がろうとすることもなかった。

各人の出方をうかがってから、「みなさん」と藍里《アイリ》は言った。

「これから、永世《エッセイ》さんのコテージに行こうと思うんですが……ご一緒にどうですか？」

しばし、沈黙があった。

最初に返事をしたのは、蜜羽《ミツバ》だった。「私はパスで」

「純粋に面倒くさいですし」

「私は行くよ」と幽鬼《ユウキ》は次に返事をする。

「いろいろと、調べたいことあるし。……現場に行くってことは、藍里《アイリ》、犯人探しをするつもりなの？」

「はい。そのつもりです」

人生に嫌気が差しているかのような暗い顔で、藍里《アイリ》は答えた。

顔に見合わず、アグレッシブな態度だった。意外だな、と幽鬼《ユウキ》は思うのだが、考えてみればそうでもないのかもしれない。なにせ、彼女は初参加のゲーム――〈キャンドルウッズ〉で、五人のプレイヤーを殺害しているのだ。ああいう顔して、やるときはやる娘なのだ。

藍里《アイリ》は、残る二人――古詠《コヨミ》と海雲《モズク》に目を向けた。

「お二人にも、できればついてきてほしいのですけど……。大人数でいるほうが、安全でしょうし」

この手のゲームにおいて、安全を確保する方法は二通りだ。ひとつは、真熊《マグマ》や日澄《ヒズミ》のように単独で動くこと。ほかのプレイヤーを寄せ付けないのだから、誰かに殺害される心配は当然のことながら減少する。もうひとつは、ただ今藍里《アイリ》が提案しているように、大人数で固まって行動することである。監視の目が複数あるゆえ、〈犯人役〉は動きづらくなる。逆にいちばん避けるべきなのは、単独でも大人数でもない――〈犯人役〉が仕留め切れる程度の少人数で行動することだった。

「別にかまわないが……」

と返事をしたのは、古詠《コヨミ》だった。

「先に、私の用事を済ませてからでもいいかい？　こいつから徴収しなきゃいけないものがあるからねえ」

古詠《コヨミ》の親指が指し示した〈こいつ〉──蜜羽《ミツバ》が唇を尖《とが》らせた。さっきの集会で、昨日食った食料を返せと言っていたことを、幽鬼《ユウキ》は思い出す。

「大丈夫です」と藍里《アイリ》は言う。「というか……私たちも同伴しますよ。お二人だけでは危険でしょうから」

「わ……私もついていきます。いかせてください」

海雲《モズク》が言った。これにて、同行者は四人となった。

「真面目ですねえ、みなさん」

そんな四人に、蜜羽《ミツバ》が声をかけてきた。テーブルの上で両手を組み、その上に顎を乗せていた。

「せっかくビーチにいるっていうのに、しこしこ犯人探しなんて」

「三十回目なのに、真面目にならないやつのほうが珍しかろうよ」

彼女のゲーム回数を引き合いに出して、古詠《コヨミ》が反論を試みた。が、蜜羽《ミツバ》はどこ吹く風で、

「集会の間、ずっと観察してたんですけど、誰なのか全然わかんなかったなあ。顔に出ないもんなんですね」

じつは、幽鬼《ユウキ》もひそかに同じことをしていた。一人の人間をああも残忍に解体したのなら——いくら殺人事には慣れているプレイヤーといえども——不審な様子が顔に現れてしかるべしと思ったのだ。

しかし、その結果も蜜羽《ミツバ》と同じだった。全然わからなかった。みんな、昨日よりもちょっと真面目な顔をしていたぐらいで、不審と呼べるようなものはなかった。人が死んでるんだからもうちょっと反応しろよ、とすら思った。幽鬼《ユウキ》も人のことはいえないのだが、プレイヤー全員、人死にに慣れすぎている。

「古詠《コヨミ》さん。なんか、夜中に悲鳴とか聞かなかったんですか？」蜜羽《ミツバ》が聞く。

「永世《エッセイ》さんとは、コテージ隣同士ですよね？　争う音とかしなかったんですか？」

「聞いてないねえ。これでも耳敏《みみざと》いつもりなんだが」

古詠《コヨミ》は蜜羽《ミツバ》に問い返す。

「お前こそどうなんだい？　お前さんのコテージだって、左隣だろう？」

「いやあ、まったく聞いてません。殺人行為があったとはつゆとも」

殺人事件を話題としているにしては、呑気《のんき》すぎる会話だった。

「実際問題、誰でもやれるんですよねえ。ここのコテージ、戸締まりできないんですもの。永世《エッセイ》さんが寝ているうちに、こそっと忍び込んで一撃。楽な仕事ですよ」

　鍵が存在しないのは、幽鬼《ユウキ》のコテージに限った話ではないらしい。昨日幽鬼《ユウキ》がやったみたいにバリケードを張ることはできるが、扉を開くこと自体許さないというのは、ほとんど不可能である。

「楽な仕事ってことは、ないだろう？」

　しかし、古詠《コヨミ》はそう返した。

「ないですか？」

「ないさ。そりゃあコテージに入るのは容易だろうが、相手はあの永世《エッセイ》なんだ。なんでも五十回目の大台だそうじゃないか。〈キャンドルウッズ〉以前にも、それほどの格のプレイヤーはめったにいなかったよ。それの部屋に忍び込んで殺害するのが、楽な仕事だとは私は思わないねえ」

　言われてみれば、そうだった。上級者揃《ぞろ》いのこのゲームにおいても、突出しているプレイヤー。コテージに誰か入ってくれれば、即座に目を覚ますぐらいのスキルを彼女は持っていたことだろう。夜襲をかけられたとしても、そう簡単にやられるとは思えない。

「どうして、永世《エッセイ》さんが襲われたんでしょうか」藍里《アイリ》が議論に参加する。「もし私が〈犯人役〉だったとすれば、わざわざプレイ回数最多の永世《エッセイ》さんは狙わないと思います。……

こういう言い方はあれかもしれませんが……海雲《モズク》さんや、古詠《コヨミ》さんをターゲットにすると思います」

突然名前を呼ばれたからか、海雲《モズク》は体全部でびっくりを表現した。

海雲《モズク》のプレイ回数は十回目で、古詠《コヨミ》は二十回目だ。プレイ回数とその強さは必ずしも一致しないが、相関はある。一定数を殺害すればいいだけなら、弱い順に狙っていくのが筋だろう。

「頭を断つ目的で、とかですかね」幽鬼《ユウキ》が言う。「ほら、昨日は、永世《エッセイ》さんがブレーンみたいな感じだったじゃないですか。だから、プレイヤーの連携を断つために、あえて彼女を狙ったとか……」

「プレイ回数は最多でも、あんまり強そうな見た目じゃなかったってのもあるかねえ。フィジカルで攻めるタイプのプレイヤーじゃあなかったんだろう？」

「はい。見た目通りの頭脳派でした」

過去のゲームで、何度か一緒になったことがある。幽鬼《ユウキ》の知る限り、永世《エッセイ》というプレイヤーの強みはその頭脳にあった。真熊《マグマ》のようなフィジカルモンスターとは正反対のタイプだ。その細身を見て、与《くみ》し易《やす》しと〈犯人役〉が考えたのだとしても、無理はない。

「その辺りのことも、現場を調べればわかるかもしれません」

藍里《アイリ》が言った。その言葉がきっかけになった。「行こうかね」と古詠《コヨミ》が言い、立ち上がった。幽鬼《ユウキ》、藍里《アイリ》、海雲《モズク》がそれに続いた。蜜羽《ミツバ》だけは微動だにしなかったのだが、「お前も来るんだよ」と古詠《コヨミ》に言われ、しぶしぶの顔をしながら腰を上げた。

（4／15）

五人は外に出た。砂浜を歩いて、蜜羽《ミツバ》のコテージを目指した。

歩きながら、コテージにまつわるいろいろのことを幽鬼《ユウキ》は考えた。右端から――幽鬼《ユウキ》、日澄《ヒズミ》、藍里《アイリ》、真熊《マグマ》、古詠《コヨミ》、永世《エッセイ》、蜜羽《ミツバ》、海雲《モズク》の部屋という順番。それぞれ等間隔に配置されており、歩いて数分で隣のコテージにたどり着く。今回の場合、古詠《コヨミ》の部屋から蜜羽《ミツバ》の部屋――すなわちコテージふたつ分の距離を横断する必要があるので、所要時間もその二倍だった。

蜜羽《ミツバ》のコテージからたこ焼きのパックをふたつ、ラムネをひとつ回収した。「じゃ、私はここで」と蜜羽《ミツバ》が言い、コテージに残った。四人になったパーティは一旦古詠《コヨミ》のコテージに戻り、回収した品々を冷蔵庫に収めた。これにて、第一のミッションは滞りなく終了した。

四人は永世《エッセイ》のコテージに向かった。幽鬼《ユウキ》は――大人数で固まっているとはいえ、危険意識が頭から離れなかったので――ほかの三人に警戒を払いつつ歩いた。四人が砂浜を歩く音が、ざくざくと絶えず聞こえた。ゲームは二日目。最初は綺麗《きれい》だったビーチの砂浜にも、足跡がそこかしこに見られた。サンダルだったり靴だったり、プレイヤーによって履き物の種類はばらばらだったので、その足跡も人によって異なっていた。こいつを調べれば、永世《エッセイ》のコテージを訪れた人物を特定できるのではと幽鬼《ユウキ》は一瞬思ったが、それが不可能であることにすぐ気づいた。八つのコテージは、砂浜ではなく、浅瀬の上に建てられていたからだ。たった今四人がしているように、砂浜を経由すれば足跡は残るものの、浅瀬を直《じか》に渡っていけば形跡は残らない。〈犯人役〉は当然そうしたことだろう。

永世《エッセイ》のコテージは古詠《コヨミ》の隣にあったので、すぐに到着した。その扉の前に立ち、幽鬼《ユウキ》は、その先に広がっている情景のことを思いつつ、扉を開けた。

が、しかし。

心の準備をしていたのにもかかわらず、幽鬼《ユウキ》は仰天してしまった。

「——な……」

幽鬼《ユウキ》は、振り返った。

後方には、藍里《アイリ》、古詠《コヨミ》、海雲《モズク》の三名がいた。幽鬼《ユウキ》がそうしていたように、三名も幽鬼《ユウキ》に対して警戒を払っていたので、距離が空いていた。あの位置からでは、コテージの中は見えないだろう。

幽鬼《ユウキ》のさまを見て、「……どうしたんですか？」と藍里《アイリ》が言った。

「あの、これ、見て」

片言になりつつ、幽鬼《ユウキ》は扉の前からどいた。三名はコテージに近づいた。見えやすくなった部屋の中を彼女たちはのぞいて、

「……え……？」「おやまあ……」「なっ……」

と、三者三様のリアクションをした。

その部屋に、永世《エッセイ》の遺体はなかった。

テーブルの上の胴体が、ソファやベッドに転がっていた手足が、入口付近に並べられていた内臓の数々が、消えていた。

部屋を間違えたのか、と幽鬼《ユウキ》は思ったが、否だった。左に二つ、右に五つのコテージが見えるそこは、確かに早朝入ったのと同じ場所だった。遺体こそなくなっているものの、布団を破いたみたいな白いもこもこ満載である部屋の様子はさっきと同じだ。間違いなく永世《エッセイ》のコテージで、永世《エッセイ》の遺体があったはずだ。

あったはず、なのに。

「どういうことだ……？」

入口付近に並べられた内臓類がなくなったため、踏み入りやすくなった部屋の中に入り、幽鬼《ユウキ》は言った。

「私たちより先に、誰かが片付けた……んでしょうか」

同じくコテージに入ってきた藍里《アイリ》が答えた。常識的な答えだった。死体が自分で歩いていったのでないとすれば、いたずらな風が運んだのでないとすれば、誰かが持ち去ったということである。

そして、その場合、犯人は二人に限定される。

「真熊《マグマ》か、日澄《ヒズミ》が？」

朝の集会が終わったあと、すぐに出ていった二人。ほかの五人はコテージに残っていたのだから、そのどちらか——あるいは共犯だったとしか、考えられない。

「でも、なんの目的で？　まさか埋葬するつもりなの？」

死者を葬る。人間社会においては当たり前の文化だが、プレイヤーにとってはそうでもない。ゲームの舞台に埋められてしまっては、死んだ本人もゲームの運営も、嬉《うれ》しくないだろう。ゲーム中に発生した遺体は、放置するか、邪魔にならないところに動かしておくぐらいの処置にとどめるのが常識だ。

真熊《マグマ》や日澄《ヒズミ》も、知っているはずの常識だった。

「言っちゃあ悪いが、二人とも、そんなことしそうなキャラには見えないけど」

「ですね。なにか別の目的があるのか……」

藍里《アイリ》は考え込むように口に手を当てる。

「というか、仮に二人が犯人だったとしても——共犯だと考えたとしても、早すぎますね。

二人が出て行ってから、私たちが外に出るまで、五分もなかったはずですから……」

出血分だけ軽く、さらには小分けのサイズになっているとはいえ、何十キロもある人間の遺体だ。真熊《マグマ》といえども、そうたやすく運べるものではない。

幽鬼《ユウキ》たちが蜜羽《ミツバ》の部屋から食料品を回収している間、ビーチには真熊《マグマ》も日澄《ヒズミ》もいなかった。集会の終わったあと、幽鬼《ユウキ》たちがちょっと話していた数分の間に、遺体を片付けてビーチの外に姿を消す。そんな芸当、物理的に不可能である。

七人のうち、それを実行できた者はいない。

ならば結論は――。

「外部犯人説がよみがえってきたねえ」

遺体の消えたテーブルを触りながら、古詠《コヨミ》が言った。

「私たちが集会をしている間に、運営の放った刺客が遺体を片付けた……ってことなのかね」

朝の集会は――なにしろ死人が出た朝のことだったから――かなりの長時間にわたった。幽鬼《ユウキ》たちがちんたら議論していたあの間なら、遺体を持ち去る時間的余裕は十分にある。プレイヤーのほかに犯人はいるのだと考えたほうが、理屈は合う。

ただし、その場合でも、遺体が運ばれた目的はわからないままだ。犯人がやったのなら、弔うことが目的とはますます思えない。

遺体を調べられると、まずいことでもあったのだろうか？

（5／15）

永世《エッセイ》がいなくなっていることには驚いたが、やることは変わりなかった。四人は現場検証を始めた。

部屋の様子について、まず目につくのは永世《エッセイ》の血液だった。彼女の遺体を運んだ犯人もこれは回収できなかったのか、あるいは回収する必要がなかったのか、白いもこもこが依然としてコテージを埋め尽くしていた。もこもこに膨らんでいるゆえ、元の体積がいくらだったのかはわかりにくいが、相当の出血量であることに間違いはない。これだけを見ても、永世《エッセイ》が生きていないことはわかる。

が、その悲惨な光景とは裏腹に、争いの形跡は見られなかった。設備のどれひとつとして壊れていることはなく、木造の壁にも床にも傷ひとつついていない。争いの音は聞こえなかったと古詠《コヨミ》も蜜羽《ミツバ》も証言していたし、おそらく、それに類することは起こらなかったのだろう。犯人は、静かに永世《エッセイ》を殺害した。

静かに、玄関から侵入したのだろうとすぐに結論が出た。窓や壁に破られた跡はなく、扉の前にものを置いていた様子もなかったからだ。バリケードは張ってなかったらしい。

扉自体は開けられてしまうので無駄だと思ったのか、それとも侵入者を迎撃できる自信があったのか。あるいは、昨日のうちはまだゲームのルールがあやふやだったわけだから、そこまで警戒をしてなかったのかもしれない。

永世《エッセイ》がひそかにダイイングメッセージを残してくれてたりしないか、と幽鬼《ユウキ》は期待していたのだが、外れだった。一通り部屋を調べたのだが、犯人の正体につながるような情報は、人為的なものもそうでないものも、発見できなかった。

「唯一の収穫だな」

皮肉を込めて幽鬼《ユウキ》は言った。

その顔は、開け放たれた冷蔵庫に向いていた。犯人は中身に手をつけなかったらしく、六日分の食料が、まるまる残っていた。

「……食べるんですか？」近くにいた藍里《アイリ》が言った。

「なにも、お供え物ってわけじゃないんだ」幽鬼《ユウキ》は答える。「もらってもばちは当たらないさ」

幽鬼《ユウキ》は、ビー玉を落としてラムネを開けた。藍里《アイリ》に向けてみると、「……ありがとうございます」と言って、受け取ってくれた。もうひとつ自分用のラムネも開けて、幽鬼《ユウキ》は一口飲んだ。惨劇の跡が残るこんな部屋の中でも、爽快感をもたらしてくれた。

さらにふたつの瓶を取り出して、「お二人もどうです？」と幽鬼《ユウキ》は言った。ガラスの瓶に、古詠《コヨミ》と海雲《モズク》の姿が歪《ゆが》んで映った。

「ちょうどお腹《なか》も空《す》いてきましたし、腹ごしらえにしませんか」

プラスチック容器に包まれた食べ物を、四つレンジで温めた。

永世《エッセイ》が死んでいたテーブルの上ではさすがに食欲が湧かなかったので、四人は外に出て、食事をとった。幽鬼《ユウキ》と古詠《コヨミ》は普通にもりもり食べ、藍里《アイリ》と海雲《モズク》も、あまり気分が良さそうではなかったものの、食べるには食べていた。

「状況を整理しましょうか」食べながら藍里《アイリ》が言った。「……と言っても……整理するほどのことではないかもしれませんが」

「しないよりはしたほうがいいさ」幽鬼《ユウキ》がフォローを入れた。

「まずは、犯行時刻から絞りましょう。みなさん、永世《エッセイ》さんを最後に見たのはいつですか？」

全員の回答が一致した。昨日の夕方、おのおののコテージへ解散したときが最後だった。

「それで、今朝になると永世《エッセイ》さんは殺されていた……。夜の間、剣呑事《けんのんごと》があったような物音は特に聞こえなかった。間違いありませんか？」

永世《エッセイ》と隣り合うコテージに寝泊まりしていた古詠《コヨミ》に、藍里《アイリ》は聞いた。

「聞こえなかったね」と古詠《コヨミ》は答える。「聞かなかった、ってのが正確な表現かねえ。私が寝ちまったあとのことはわからないよ。隣のコテージって言ってもけっこう距離があるし、寝てる間にどたばたしてたかって気づくもんか」

「コテージの明かりはどうでした？　古詠《コヨミ》さんが寝るときにはついてましたか？」

「注意して観察してたわけじゃないが、たぶんついてたんじゃないかねえ」

「明かりを消して、永世《エッセイ》さんが眠ったあとに犯行があったと考えても、昨晩から今朝ですか……」

「遺体をばらすのにかかる時間を差っ引いても、せいぜい早朝ってとこかい。レンジが広すぎるねえ」

さらにいえば、このビーチには時計が置かれていないため、時刻の幅も曖昧である。犯人の特定に貢献しそうには思えなかった。

普通、この手の殺人事件では、遺体の死後硬直の具合から犯行時刻を絞り込む——というのがある種のお約束だが、今回の場合はその遺体が消えている。プレイヤーたちの証言から時刻を絞るほかなく、今のところは、これ以上実《み》のある話はできそうになかった。

「犯行方法に移りましょうか。昨晩から早朝にかけて、〈犯人役〉は永世《エッセイ》さんのコテージに侵入。窓や外壁に破られた形跡がないことから、侵入経路はおそらく正面扉。争った様子はなく、永世《エッセイ》さんは一撃でやられたものと思われる。その後、〈犯人役〉は永世《エッセイ》さんの遺体を解体し、自分のコテージに戻った」

「解体した……ってことは、武器を持ってるんですよね？　〈犯人役〉は」

久しぶりにそう発言をしたのは、海雲《モズク》だった。

「あんなの、素手でやれるわけありませんし……」

「まあ、そうだろうね」幽鬼《ユウキ》が同意する。「事件の犯人を務めやすくするために、なにかしらの道具が運営から与えられてるんだろう。肉を裂く刃物は少なくとも確定。永世《エッセイ》ほどのプレイヤーがあっさりやられたことから見るに、それ以上もあるかも」

海雲《モズク》は、幽鬼《ユウキ》から見てもわかるほど露骨に身震いした。

「武器を持ってるってことは、各人のコテージを調べれば、なにか出てくるかもしれませんが……」

藍里《アイリ》が提案した。「え、いや、それは」と海雲《モズク》がなぜかあたふたした。

「そんなの、コテージに置いてはおかないんじゃない、ですか……？　別の場所に隠しておくと思います……」

不審な態度だな、と幽鬼《ユウキ》は思った。コテージに見られたくないものでもあるのだろうか。とはいえ、その反論には幽鬼《ユウキ》も賛成である。殺人の証拠となるものをコテージに置いておくほど、〈犯人役〉も考えなしではないだろう。

「あまり不用意に人を招きたくはないしねえ」古詠《コヨミ》が言う。「私みたいなばばあならともかく、年頃の娘が家捜しをされるのは嫌だろう？」

古詠《コヨミ》は冗談めいた言い回しをしたが、それも大きな理由だった。〈犯人役〉にコテージの中をくまなく見られるかもしれないと思うと、調査をさせるのはあまり気が進まない。

　それに、おそらく、全員分のコテージを調べることはできないだろう。単独行動を選んだ二名のプレイヤー――真熊《マグマ》と日澄《ヒズミ》は、間違いなくそれを嫌がるはずだ。

「……まあ、確かにそうですね……」

　藍里《アイリ》は言った。不承な顔をしていたものの、すぐに切り替えて、「犯人の人物像を考えましょうか」と続けた。

「とりあえず今のところ、内部犯人説と外部犯人説がありますけれど」

「どっちも問題があるんだよな……」幽鬼《ユウキ》が言う。「内部――つまりプレイヤーの中に犯人がいる場合、集会が終わってからたった数分で、永世《エッセイ》の遺体を運び去ったことになる。外部犯人の場合、どうして昨日の探索では出くわさなかったのかって疑問がある」

「まあ、そのへんは保留でいいだろうさ。重要なのは――」古詠《コヨミ》が続く。「ひとつ。人間の体を切り刻めるほど、性能のいい刃物を所持している。ふたつ。五十回目の達人たる永《エッ》世《セイ》を、争った形跡すらも残さず始末してのけた。そういう〈犯人役〉から、どうやって身を守るかってことさ」

　一同の空気が沈んだ。あまり直視したくはない現実だった。

　繰り返しになるが、プレイ回数とプレイヤーの腕前は必ずしも一致しない。しかし相関はある。プレイ回数最多の永世《エッセイ》でさえやられたとなれば――事前の警戒を払っておけるというアドバンテージがあるとはいえ――幽鬼《ユウキ》たちの中の誰かが狙われたとき、無事でいられる保証はまったくない。

犯行時刻。方法。人物像。一通りを話し合い、少し空気が沈んだところで、幽鬼《ユウキ》たちは食事を終えた。幽鬼《ユウキ》は藍里《アイリ》に話しかけた。「あのさ、藍里《アイリ》」

「はい」

「あの遺体に見覚えがあるって話、していい？」

ただでさえ沈んでいた藍里《アイリ》の顔が、さらに沈んだ。

「きっちり殺しといたはずなんだけどな。まさか生きていたとはね、あの殺人鬼」

「いや……本人ではないと思いますけど……」藍里《アイリ》は真面目な突っ込みを入れた。「でも、もしあの人と似たような人がいるのだとしたら、気をつけないと……。このゲームも、〈キャンドルウッズ〉みたいに、大惨事になるかもしれません」

「うん。そうだね」

「なんの話してるんだい、お前たち」古詠《コヨミ》が口を挟んできた。「なんのことだい？　殺人鬼とかなんとか」

「ああ、えっと……」幽鬼《ユウキ》が答える。「ああいうふうに、人間を解体するのが趣味のプレイヤーがいたんですよ。昔参加したゲーム――〈キャンドルウッズ〉に」

そのゲームの名前は、古参プレイヤーの興味を引いたようだった。「へえ……」と古詠《コヨミ》は言う。

「伽羅《キャラ》っていう名前のプレイヤーだったんですけどね。まあ、とっくに死んでますんで、このゲームに登場してくることはありえないんですが……それと似たような遺体が出てきたのは、ちょっと気になるなあ、と思いまして。〈犯人役〉が似たような趣味嗜好《しこう》を持ってるのかもしれません」

「本人ではなくとも、その関係者が出場している可能性もあります」藍里《アイリ》が続く。「ほら、あの人って萌黄《モエギ》さん……弟子をとってたじゃないですか。もしかしたら、ほかにも弟子がいて、このゲームに紛れ込んでいるのかも……」

萌黄《モエギ》。そんなプレイヤーもいたなあ、と幽鬼《ユウキ》は思う。伽羅《キャラ》に負けず劣らず、印象深い娘だった。

ほかのあらゆる業界同様、この業界にも師弟関係が無数に存在する。ワンミスが命に関わるこの世界において、他人からノウハウを伝え聞くことの重要性は語るまでもない。プレイヤーが長生きするためには、早いうちに師匠を見つけることが欠かせない。師匠の側は、弟子を取ることにより自分の派閥に属する——ひいては自分の味方として動いてくれるプレイヤーを増やせる。利害が一致しているのだ。

そして、その関係は、なにも一対一でなければならないわけではない。あの殺人鬼が、萌黄《モエギ》のほかに弟子をとっていた可能性は、十分にある。そんなものがもしこのゲームにいたとすれば――彼女にいちばん近そうなのは、あのふわふわとした雰囲気の――

幽鬼《ユウキ》は頭《かぶり》を振った。

決めつけがすぎる、と思ったのだ。ばらばら死体は、伽羅《キャラ》の専売特許ではない。同じ趣味の人間がほかにいたとしても――趣味としてはおかしいが――存在していたとしても、おかしくはない。

しかし、胸騒ぎを幽鬼《ユウキ》は覚えていた。ラムネに含まれている砂糖がどきどきさせているのではない。動物的直感である。〈キャンドルウッズ〉への参加を取りやめた古詠《コヨミ》ほどではないが、よくない未来を感じ取る能力を、プレイヤーを続けるうちに幽鬼《ユウキ》は身につけていた。

上級者揃《ぞろ》いのゲーム。幽鬼《ユウキ》の四十四回目のゲーム。

きっと、これは、私にとって特別なものになる。

（6／15）

空のパックとラムネの瓶をコテージに捨てて、四人はそこを後にした。

「これからどうします？」と幽鬼《ユウキ》は、ほかの三人に声をかけた。

「このまま、一緒に行動しますか？」

「……いえ、やめときましょう」

そう答えたのは藍里《アイリ》だった。

「みなさんがそうするというのなら止めませんが、私は、一人で動きたいです」

意外だな、と思った。現場調査に幽鬼《ユウキ》たちを誘ったのは、ほかでもない藍里《アイリ》だったからだ。

「集団でいたほうが安全じゃない？」と言ってみる。

「それはそうなんですけど……それだけやってて、生き残れるとも思いませんから」

あまり説明的ではない言葉だったが、幽鬼《ユウキ》はその意味を理解した。

たぶん、藍里《アイリ》は、装備を整えたいのだろう。〈犯人役〉が武器を持っていると思われる以上、それに対抗できるだけの用意をしておくことは、全プレイヤーの最優先課題だった。この島に武器らしい武器は用意されていないが、〈三十の壁〉を突破した藍里《アイリ》ほどのプレイヤーなら、いくらでも武装する方法を思いついていることだろう。

そして、それを目論《もくろ》むのなら、集団よりも一人で動いたほうがいい。大人数で固まりつつ装備を整える――ということも不可能ではないが、その場合、集団に紛れているかもしれない〈犯人役〉に、手の内をさらしてしまう危険があるからだ。短期的には集団でいたほうが安全なのでさっきはそうしたが、現場調査の結果、一人で動いたほうがいいと藍里《アイリ》は判断したらしい。

「わ、私も」

海雲《モズク》が続いた。

「私も、一人になりたいです……」

ますます意外だ、と幽鬼《ユウキ》は思った。そんなことを言い出すプレイヤーには見えなかったからだ。さっきコテージの捜索を拒否したこととも合わせて、なにか企《たくら》んでいそうだな、という印象を抱いた。

「……たった二人じゃ、もはや集団とはいえないねえ」

古詠《コヨミ》が、幽鬼《ユウキ》を見ながら言った。

「ここは二人を見習って、解散することにしようかね？」

「そうしましょう」幽鬼《ユウキ》は言う。「じゃあ、また明日。再会できることを願ってます」

幽鬼《ユウキ》を皮切りに、四人は口々にお別れを言い合って、解散した。

ほかの三人の行き先を幽鬼《ユウキ》は観察した。藍里《アイリ》は、昨日みんながしたのと同じように、林の方角に歩いていった。古詠《コヨミ》と海雲《モズク》は、それぞれビーチの方角、さらにいえば自分のコテージがある方角に向かった。

それを確認して、幽鬼《ユウキ》も行動を始めた。その足が目指すのは、ビーチの方角、なれど自分のコテージではない方角。

島の外周を散策するつもりだった。昨日の探索では、砂浜や林の中——つまりは島の中しか見ていなかったので、今日は臨海を見回ってみようと思ったのだ。とりあえずは浅瀬を探し、それが終わったら、もう少し深いところにまで行ってみる。〈犯人役〉に対抗する準備をするのも重要だが、ゲームエリアの探索も重要だと幽鬼《ユウキ》は考えていた。未判明のルールがわかるかもしれないし、運営の用意したアイテムを見つける可能性もあるからだ。

そういうわけで、幽鬼《ユウキ》はビーチの浅瀬をそぞろ歩いた。

すると、すぐにほかのプレイヤーと出くわした。

「あ――幽鬼《ユウキ》さん。こんにちは」

蜜羽《ミツバ》だった。

今日もビーチにいた。浮き輪に体を預けて、ぷかぷかと浮いていた。

幽鬼《ユウキ》は、蜜羽《ミツバ》からそこそこの距離にて足を止めた。彼女が〈犯人役〉だった場合、すみやかに逃げられるぐらいの安全を確保するためだ。

「……昨日も遊んでたのに、まだ遊び足りないのか……」と、その状態で言った。

「ええ、ぜんぜん」と蜜羽《ミツバ》は答える。

「こんなに綺麗《きれい》な海なんですよ。一日で遊び飽きるわけありません。ほら、よく言うじゃないですか、美人でも三日は飽きないって。それと似たような話ですよ」

「その言葉はニュアンスが逆じゃないかな……」

「そうでしたっけ？　まあ、とにかく、遊べるうちに遊んどかないと。死んじゃったらもちろん、怪我《けが》をしても海には入れなくなりますから。文字通り傷口に塩ですからね」

確か、蜜羽《ミツバ》は今回が三十回目のゲームだったはずだ。〈三十の壁〉と呼称される、大一番。にもかかわらず、心乱されている様子はかけらもなかった。

「人生楽しんだもん勝ち、って感じだな……」

なんとなくそう言ってみた。当然、同意の言葉が返ってくるものと思ったのだが、「あんまり好きな言葉じゃないですねえ」と蜜羽《ミツバ》は答えた。

「そうなの？」

「ええ。だって、根暗じゃありません？　人生に勝ち負けがあるなんて発想。ネガティブなのかポジティブなのか、はっきりしてほしいと思いますよ」

そういう見方もあるか、と幽鬼《ユウキ》は思った。

そして——会話が途絶えた。

「………えっと」

気まずくなって、幽鬼《ユウキ》は話題を探した。

「そうだ、ゲームについてわかったことはある？」

「いいえ、なにも。手がかりはおろか、ゴミひとつ見つかりませんね。こうして海に出てみても、あいかわらず陸地は見えないですし」

蜜羽《ミツバ》は水を蹴った。浮き輪ごと、水上でくるくる回転する。

「実際、幽鬼《ユウキ》さんのおっしゃった通りじゃないですかね。マーダー役がプレイヤーになっている、生存型のゲーム。理路整然とした推理だったと思います」

両足を海水に突っ込んで、蜜羽《ミツバ》は、自分にかかっていた回転力を打ち消した。ちょうど幽鬼《ユウキ》のほうを向いたところで、停止した。

「幽鬼《ユウキ》さん、現場を調べてきたんですよね？　なにか発見ありました？」

伝えても問題あるまい、と幽鬼《ユウキ》は判断した。「発見するどころか、見失ったよ」

「というと？」

「永世《エッセイ》の遺体が消えてた」

「……ほう？」

「白いもこもこになった血液は残ってたけどね。遺体そのものは、忽然《こつぜん》と姿を消していた。〈犯人役〉が持ち去ったんだろう」

「それは重要な情報ですねえ」蜜羽《ミツバ》は顎を触りながら言う。「すると、犯人は真熊《マグマ》さんか日澄《ヒズミ》ちゃんのどっちかですよね？　ほかには全員、アリバイがあるんだから」

「それがそうとも限らない。あの二人が犯人だったとしても、遺体を片付けるには時間的余裕がなさすぎるんだよ。あの二人が単独行動に移ってから、私たちがコテージを出るまで、数分間しかタイムラグはなかったはずだ。そういう意味じゃ、あの二人にもアリバイがあるといえる」

「ああ……。まあそうですね」

「だから、外部に犯人がいるんじゃないかって説も出たね。それもそれで怪しいけど……。まあ、とにかく、〈犯人役〉を特定できるような決定的な手がかりはなかったよ」

蜜羽《ミツバ》は、再び水を蹴った。浮き輪の上でくるくると回転した。

「幽鬼《ユウキ》さんの個人的な印象としては、どうですか？」と回りながら聞いてきた。

「〈犯人役〉、誰が疑わしいと思いますか？ いいかげんな憶測でもいいんで、教えてくださいな」

考えをまとめるのに、幽鬼《ユウキ》は時間を使った。「……日澄《ヒズミ》と、海雲《モズク》かな」と答えた。

「ほう。それはどうして？」

「日澄《ヒズミ》に関しては……ほら、なに考えてるかわかんないところあるからさ。今朝の集会で、顔に出なかったとしてもおかしくないかなと思って」

あの殺人鬼を彷彿《ほうふつ》とさせるから——というのが真の理由だったが、伏せておいた。

「海雲《モズク》のほうは……なんだろう、なんか隠してる感じがするんだよね。あれでも十回目のプレイヤーなわけだし、おどおどしてるように見えて、腹に一物抱えてると思う。〈犯人役〉といえる証拠はなにもないけど」

「あー、なんかわかりますね」

「蜜羽《ミツバ》はどう思う？ 犯人」

「私ですか？　そうだなあ……」

幽鬼《ユウキ》と同じぐらいの時間を蜜羽《ミツバ》は使った。

「私も、海雲《モズク》ちゃんは疑わしいと思ってますけどね。名前がもろにそうですから」

「名前？」

「〈クラウディビーチ〉ですよ？　このゲーム。海に雲だなんて、絶対なにかあるはずですよ。意味深すぎます」

「……別に、偶然じゃないかな」

幽鬼《ユウキ》は目を細めた。

「プレイヤーネームなんて、元からだろうし。そもそも字面が同じだけで、まったく別の意味だし」

「そうっすねえ」

蜜羽《ミツバ》はからからと笑った。適当なやつだな、と幽鬼《ユウキ》は思った。

「まーでも、それ以外も信用ならないですけどね。プレイヤー連中って、みんな怪しいですし。〈犯人役〉でなくとも、この機に乗じて、私を狙ってくる人がいるかもしれませんし」

「え……なんで？」

幽鬼《ユウキ》は聞いた。純粋に理由がわからなかったからだ。

蜜羽《ミツバ》は、きょとんとした。幽鬼《ユウキ》がわかっていないことがわからないという顔だった。やがて、不理解な人間に向ける苦笑とともに、「ピュアですねえ、幽鬼《ユウキ》さん」と彼女は言った。

「四十四回もやってて、そんなにピュアでいられるもんですかね」

「なんの話？」

「恨み恨まれは、この世の常じゃないですか。こんな業界ならなおさらです。過去のゲームのなにかしらをきっかけに、隙あらば私をぶっ殺してやろうと誓っているプレイヤーが、どこにいてもおかしくありません」

「なんか、心当たりでもあるの？」

「逆にないと思います？」

思わなかった。協調性皆無、マイペースな娘。いかにも敵が多そうである。

「幽鬼《ユウキ》さんだって、無関係な話じゃないですよ」蜜羽《ミツバ》は言う。「かくいう私だって、幽鬼《ユウキ》さんには並々ならぬ思いがあるんですから」

「……？」またしても幽鬼《ユウキ》はわからなくなる。「蜜羽《ミツバ》とは、今回が初対面だよね？　どこかで会ったことある？」

「直接はないですね」

昨日の古詠《コヨミ》と似たようなことを蜜羽《ミツバ》は言った。

「でも、幽鬼《ユウキ》さんのことは知ってます。ずっと前から」

蜜羽《ミツバ》は浮き輪を降りた。幽鬼《ユウキ》と同じ高さ――脛《すね》のあたりまで、海水に浸《つ》かった。

「いいこと教えてあげましょう」と、彼女は手招きする。

「お耳、貸してください」

幽鬼《ユウキ》は躊躇《ちゆうちよ》した。蜜羽《ミツバ》が〈犯人役〉であるという可能性が頭によぎったからだ。二人しかビーチにいないこの状況で、ほかのプレイヤーに接近するのはリスクが大きい。

しかし、興味が勝《まさ》った。蜜羽《ミツバ》が幽鬼《ユウキ》に対して抱えているらしい、〈並々ならぬ思い〉とはなにか。〈ずっと前から知っていた〉とはどういうことか。単純に噂《うわさ》として聞いていた、というだけではなさそうなニュアンスである。

見たところ、蜜羽《ミツバ》の水着姿のどこにも、人体を切り刻めるような武器を隠し持っている様子はなかった。殺気を放っているようなこともなかった。おそらく、近づいても問題はないだろうと、心の中で理論武装を完成させ、幽鬼《ユウキ》は蜜羽《ミツバ》に近づいてその耳を貸した。

――が、しかし。

それは間違いだった。幽鬼《ユウキ》はそうするべきではなかった。

蜜羽《ミツバ》の次の言葉に、幽鬼《ユウキ》の頭は真っ白になった。

「私、御城《ミシロ》さんの弟子だったんですよ」

（7／15）

御城《ミシロ》。

幽鬼《ユウキ》とは、並々ならぬ因縁のあるプレイヤーの名前だった。初めて出会ったのは十回目のゲーム、〈ゴールデンバス〉のとき。その後、忘れもしない三十回目のゲーム、〈スクラップビル〉にて再会を果たした。プレイヤーに襲いかかる呪いめいた試練、〈三十の壁〉として、幽鬼《ユウキ》の前に立ちはだかった。

彼女が弟子を取っていることを幽鬼《ユウキ》は知っていた。というのも、それと実際に出会い、戦ったことがあるからだ。狸狐《リコ》、という名前のプレイヤー。幽鬼《ユウキ》を殺害するよう言い含められていたらしく、幽鬼《ユウキ》の名を聞いた途端、目の色を変えて襲いかかってきた。

その弟子が、ほかにもいた。

ほかにもいたその弟子が、幽鬼《ユウキ》の両脚を払った。

（8／15）

反応できなかった。

両脚が地面から離れ、バランスを崩し、上方向へ傾いた視界に〈してやったり〉の顔をした蜜羽《ミツバ》と青空が映って、ようやく幽鬼《ユウキ》は事態を識《し》った。が、もはやそれを中止させるすべはなく、派手に水飛沫《みずしぶき》を立てつつ幽鬼《ユウキ》は水中に転んだ。

そうした幽鬼《ユウキ》を、さらに上から重みが襲った。

海面、および幽鬼《ユウキ》の吐き出す泡《あぶく》に遮られて、その正体は見えなかったのだが、明らかだった。蜜羽《ミツバ》だ。幽鬼《ユウキ》に覆《おお》い被《かぶ》さっているのだ。脛《すね》ほどの高さしかない海水とはいえ、寝転んだ姿勢に固定されていては溺れてしまう。限りある酸素を失わぬよう口と鼻を引き締め、幽鬼《ユウキ》は腹筋で上体を起こそうとした。

「一年ぐらい前ですかねえ」

奮闘する幽鬼《ユウキ》の上で、蜜羽《ミツバ》は呑気《のんき》に語り始めた。

「ゲームを始めたばかりのころに、知り合ったんです。弟子……というか、自分の手下にできそうなプレイヤーを探してたみたいですね。心が空っぽで、命令すればなんでもやってくれるような、従順な娘を。私はまあ、従順ってキャラじゃあないですけれども、空っぽではありますからね。御城《ミシロ》さんに目をつけられたわけです」

やっと水面に顔を出した幽鬼《ユウキ》。が、蜜羽《ミツバ》はその頭を押さえつけ、再度海に沈めた。

「私としても、長く生き残る上で師匠は欲しかったので、弟子入りしたんですけども。もー大変でしたよ。あの人ったら四六時中、幽鬼《ユウキ》さんの話ばっかりするんですから。執念深いですよねえ。小学校のときの嫌な先生とかずっと覚えてるタイプですよ。わたくしにもしものことがあったら、代わりに幽鬼《ユウキ》を打ち負かせ——。私を含めた弟子全員に、そう命じてました」

両手を使い、幽鬼《ユウキ》は蜜羽《ミツバ》を引き剥《は》がそうとした。が、彼女はそれをうまくさばく。

「心配しなくても、殺すつもりはありませんよ。あの人の弟子はもうやめているので。他人の恨みつらみに本気で参戦するほど、共感能力ないですし。ほかの娘たちがうらやましいですよ、あんなにも熱心に他人へ帰依できるなんて。私にはしたくてもできないことです」

殺す気はない。それは本当なのだろう。今このときに至っても、蜜羽《ミツバ》から殺気を感じなかったからだ。しかし、殺す気があろうとなかろうと、海に長時間沈められ続けたら、人は死ぬ。

「え、じゃあなんでこんなことしてるのかって？　そりゃあ、気になったからですよ。御城《シロ》さんがあれほどまでに言うなんて、どんな人なのかなって。でも、この様子を見るに、あの人の中で誇大化されてただけなんじゃないかと思いますけど」

とうとう幽鬼《ユウキ》は、蜜羽《ミツバ》を引き剥がすことができなかった。

彼女のほうから、どいた。やっと自由になった幽鬼《ユウキ》が海面から顔を出すと、ちょうど蜜《ミツ》羽《バ》が浮き輪を回収しているところだった。

「さよならです、幽鬼《ユウキ》さん」

そう言って、蜜羽《ミツバ》はすたすたと歩き去った。

後に残された幽鬼《ユウキ》が、息を整えつつ、言った。

「……自由なやつ……」


（9／15）


蜜羽《ミツバ》が消えてくれたので、安心してビーチを散策できるようになった。幽鬼《ユウキ》は浅瀬を歩いたり、もう少し深いところに行ってみたり、島の周りをぐるりと一周、泳いでみたりもした。

しかし、めぼしいものは見つからなかった。無理のない範囲で遠泳も試みたのだが、陸までたどり着くどころか、目標とする陸地さえ発見できなかった。昨日に続き、収穫らしい収穫はなし。やはりなにもないのだろうか、と思う。幽鬼《ユウキ》の読み通り、生存するだけでクリアになるルールなのだろうか。

そんなふうに空回りしているうちに日が沈んできた。そろそろ休むか、と思ったところで、とても重要なことに幽鬼《ユウキ》は気がついた。プレイヤー全員、昨日はコテージで夜を過ごしたわけだが、今夜もそうしなければならないというルールはないのだ。野宿してもいいし、なんなら寝る必要すらもない。永世《エッセイ》を殺した犯人がこの島をうろついている現状、鍵のかからないコテージで寝ることは、天井の四隅を見てから寝ることよりも危険である。

これは人狼《じんろう》ゲームじゃないのだ。定位置について、狼《おおかみ》の襲撃を待つ必要はないのだ。

しかし、どうだろう、実際にそうするかどうかは微妙だった。野宿をしても安全である保証はないのだし、第一、用意がない。このビーチは常夏というわけでは決してなく、夜は冷える。毛布とマットレスだけ持ち出して、熟睡できるほど生やさしい環境ではない。

徹夜して〈犯人役〉の襲撃に備えるというのも一策だったが、翌日以降――いずれ訪れるであろうこのゲームの大一番に、パフォーマンスを落とした状態で臨むことは、コテージで眠るのと同じぐらいリスキーな選択である。

さて――どうしたものだろう？


（10／15）


夜になった。

蜜羽《ミツバ》は、コテージでぼんやりしていた。


（11／15）

目が冴《さ》えていた。

ビーチから戻った直後、長めの昼寝をしてしまったせいだった。体こそベッドに預けており、掛け布団を被《かぶ》ってこそいたものの、蜜羽《ミツバ》は両目をぱっちり開けていて、コテージの電気もつけていた。眠ろうとしているのかしていないのか、自分でもわからない体勢で、流れゆく時をぼんやりと眺めていた。

意識があるままベッドに寝転がっていると、いろいろ考える。そろそろラムネも飽きてきたなあとか、最近ひいきにしているソシャゲのデイリーミッションのこととか。そのあたりのどうでもいいことに比べて強力さを有していたのは、昼間やり合ったあの幽霊女のことだった。

あれが幽鬼《ユウキ》か、と思った。御城《ミシロ》の弟子をやっていた時期、耳にタコができるほど聞かされた名前。彼女の話によればまさに神がかったプレイヤーだったそうだが、対面してみた感想としては、まあ、彼女の誇大妄想だったのかなという感じだった。蜜羽《ミツバ》がその気になれば、殺すことだってできただろう。神でもなければ、幽霊でもない。普通の人だ。

あんなのに執着してたなんて、我が師匠の愚かなことよ、と思う。その思惑のために精神のすみずみまでを支配されていた、狸狐《リコ》をはじめとするほかの弟子たちにも、同様の思いを抱く。

「…………」

でも、私ほどじゃあないよな、と最後に思った。

御城《ミシロ》にしろ弟子たちにしろ、その瞳は生き生きとしていた。活力があった。蜜羽《ミツバ》のように、軽薄な雰囲気がまとわりついていることもなかった。人間の幸福というものは、しょせん、自分の頭についている脳《こいつ》をどれだけ騙《だま》せるかということでしかないのだ。愚かであることは、哀れなことではない。それすらできないやつに比べたらなんぼかマシだ。

自由な娘だね、とよく言われる。

自分でもそう思う。この世の何物も、蜜羽《ミツバ》を束縛してくれない。楽しいと思うものがないでもないが、明日になったら忘れている。〈これだ〉と思えるようなものがない。蜜羽《ミツバ》の心に引っかかって、歯車を回してくれるようなものがない。我が師匠も——他人を支配するのが楽しくてしょうがなさそうだったあの人も、結局は、蜜羽《ミツバ》を支配してはくれなかった。どうしようもなく、空虚だった。

しかしながら、そうした彼女の性質は、このゲームには適性があるものだったらしい。ほかの弟子が全員死んでも、師匠が死んでも、蜜羽《ミツバ》は死ななかった。エージェントに誘われるまま参加を繰り返し、とうとう三十回にまで来てしまった。——〈三十の壁〉。それならば、やってくれるのだろうか。逃れようのないものを、自分に突きつけてくれるのだろうか。

心の奥で、蜜羽《ミツバ》はそれを期待していた。

だから、コテージの戸を開ける者があっても、少しばかりも慌てなかった。

（12／15）

堂々と、正面から扉を開けて入ってきた。

侵入者は、顔を隠していた。永世《エッセイ》の着ていた衣装——白衣のようなガウンを、細くカットして巻いている。顔のみならず、それは侵入者の全身を覆っていて、まるでミイラ男のような風体だった。十中八九、中身は女の子なのだろうが。

そのミイラが、蜜羽《ミツバ》に害意を持っているという確かな証拠があった。右手に握られた、中途半端な大きさをした刃物だった。ナイフというには大きいが、剣といえるほど大きくはない。山刀——マチェットというやつだろう。

疑いの余地はなかった。——〈犯人役〉だ。

「こんばんは」

ベッドから体を起こして、蜜羽《ミツバ》は、普通に挨拶した。

生き残りの戦法としては、きゃあーと甲高い声を全力であげて、〈犯人役〉の存在をほかのプレイヤーに知らせるのがベストなのだろう。しかし、それはちょっと恥ずかしかったし、仮に叫んだとして、何人に聞いてもらえるかわかったものではなかった。〈犯人役〉がうろついていると知りながら今晩もコテージに泊まっているような、危険意識のないプレイヤーは、おそらく蜜羽《ミツバ》だけだろう。なので、しなかった。助けを呼ばなくても、蜜羽《ミツバ》には勝算があった。

「やりましょうか」

と言って、スプリングの反発を利用する形でベッドを降りた。

掛け布団を引っ付けたまま、まっすぐ、〈犯人役〉へと歩いた。ミイラは気圧《けお》される様子もなく、かといって真正面から受けて立つ気概も見せなかった。マチェットを握っていないほうの手──先のほうがガウンで包まれた左手を、少しだけ動かした。

その動きの意味を、蜜羽《ミツバ》は理解していた。

それゆえに──なにも、起こらなかった。

「……!?」

ミイラの表情は、見えない。

しかし、動揺している気配だった。一瞬前と同じく、こちらに向かってきている蜜羽《ミツバ》。その姿がありえないものだというように、ミイラは驚愕《きょうがく》していた。

その精神の揺れを、蜜羽《ミツバ》は見逃さなかった。

ミイラが驚いたのと同時に──蜜羽《ミツバ》の主観では左手が動いたときにはすでに──蜜羽《ミツバ》は駆け出していた。掛け布団を剥《は》ぎ、手足をあらわに。限界まで長いストロークを取って、彼我の距離を三歩で縦断。最後の一歩はとりわけ強く踏み切り、空中で体を横向きにし、所持していた運動量をその両足から分けてやった。

飛び蹴りだった。

きまった。胸を強く蹴られた〈犯人役〉のミイラは、息が詰まったせいもあるのだろう、後ろによろめいた。その顔面に蜜羽《ミツバ》は追撃のハイキックを叩《たた》き込み、コテージから追い出した。ミイラは、くるぶしまで浸《つ》かるほどの浅瀬にその身を横たえた。

蜜羽《ミツバ》は追撃の手を緩めなかった。自らもコテージを出ると、ミイラが取り落としてしまったマチェットをすばやく回収。顔面を蹴られたダメージから復帰できないでいる敵に身軽な動きで近づくと、

ためらわず、胸の位置に向かわせた。

手ごたえはなかった。

手ごたえすら感じられないほど、たやすく、ミイラの胸を貫いた。

マチェットから蜜羽《ミツバ》は手を離した。背中側に達するほど深々と刺さったそれは、蜜羽《ミツバ》の手を離れてもぴんと直立していた。ご飯に突き刺さったお箸みたいだな、という比喩が頭に浮かび、その例えの不謹慎さに、直後、自嘲的な笑みを浮かべた。

「――なにも起きないですよ」

聞こえているはずもない言葉を、蜜羽《ミツバ》はミイラにかける。

「あんなもの、昼のうちに取り除いてます。あんなちゃちな仕掛けで、束縛されるほど素直な娘じゃないですよ」

蜜羽《ミツバ》はコテージを見た。より正確には、コテージのキッチンについている、三角コーナーに目を向けたつもりだった。

もちろん、コテージの外からそれは見えない。しかし、蜜羽《ミツバ》の脳内には、そこに捨てられた物品がイメージされていた。全部で十二個あった、蜜羽《ミツバ》を少し痛い目に合わせることとなった、それらの姿が。

〈あれ〉の存在に気づいたのは、つい数時間前のことだった。昼寝から目覚めて、自分の体をぼうっと見つめているうちに、発見した。永世《エッセイ》の遺体がばらばらにされていた理由を、その瞬間に蜜羽《ミツバ》は悟った。きっと、これを隠すためだ。〈犯人役〉が〈被害者役〉に対し、有している最強のアドバンテージ。五十回プレイの達人、永世《エッセイ》ですら、逃れることのできなかった死神の鎌。

しかし、蜜羽《ミツバ》は気づいた。

気づいてしまえば——結果は、ご覧の通りだ。

「さて」

蜜羽《ミツバ》の指が、ミイラの顔をなぞった。

「結局、誰だったんですかねえ。お顔拝見しちゃいましょうか」

包帯のごとく細くカットされた布を、蜜羽《ミツバ》は剥《は》がす。そんなにも手間取ったつもりはないのだが、多重に巻かれていたため、けっこうな時間がかかった。十分に焦《じ》らされたところでようやく包帯は途切れ、

「……え？」

その下にあったものに、蜜羽《ミツバ》の顔が固まった。

直後、蜜羽《ミツバ》の頭部に、意識を持っていくに十分な威力の衝撃が与えられた。

（13／15）

朝になった。

幽鬼《ユウキ》は、生きてコテージを出た。

（14／15）

考えた結果、睡眠を取らないことに幽鬼《ユウキ》は決めた。

浅く眠る技術は心得ている幽鬼《ユウキ》だったが、同じくその技術を持っているであろう永世《エッセイ》が

殺されたことを考えると、眠るのは危険な選択だった。目を開けたままコテージにて待機し、〈犯人役〉の襲撃に備える。それがいちばん安全だろうと判断した。

幸い、何事もなく朝を迎えることができた。なにぶん眠らなかったので、昨日や一昨日《おととい》のように、藍里《アイリ》のノックで起こしてもらうことはしなくてよかった。日が昇ってすぐ、幽《ユウ》鬼《キ》は古詠《コヨミ》のコテージを訪れた。ひかえめな——起きていれば聞こえるが寝ていれば起こさないぐらいの、気を遣ったノックをした。

「起きてるよ」

という声が返ってくる。

「入りな」

承認を受けて、室内に。

コテージは消灯していた。たった今幽鬼《ユウキ》が開いた扉と、人が通れるぐらいの大きさをした窓だけが、その部屋に光を与えていた。

古詠《コヨミ》は、窓の近くに立っていた。

「おや」

幽鬼《ユウキ》を見て、彼女は言う。

「お前が一番乗りかい。意外だねえ」

古詠《コヨミ》は、詮索好きそうな両目を幽鬼《ユウキ》に向けた。

「……ははあ。お前さん、そもそも寝なかったんだね？」

と、すぐさま一番乗りのからくりを見抜いてみせた。

「ええ、まあ」

「お前の読みじゃあ、ゲームはあと五日残ってるんだろう？　大丈夫なのかい？」

「なんとかしますよ。……古詠《コヨミ》さんは？　コテージで寝てたんですか？」

幽鬼《ユウキ》は、コテージのベッドを見て言った。人が寝た形跡があった。

「ああ。野営したり徹夜したりなんてのは、ばばあにはこたえるからねえ。皮肉にも、睡眠の浅さには自信があるんだ。特別に警戒なんてしなくても、誰かコテージに近付いただけで、わたしゃ目が覚めちまうよ」

「……古詠《コヨミ》さん、おいくつなんです？」

「二十八だよ。この業界じゃあ、もうおばさんだろう？」

見た目通りの年齢ではあったが、まとっているオーラにしては若すぎる年齢だった。

「……そうすか」と幽鬼《ユウキ》は言って、昨日と一昨日に倣い、テーブルにつこうとする。

「おっと」と古詠《コヨミ》がそれを止めた。

「それ以上こっちに来るんじゃないよ。次のやつが来るまで、そこで待機してな」

「え？　……ああ、そうですね」

ここにいるのは、幽鬼《ユウキ》と古詠《コヨミ》の二人だけ。〈犯人役〉が事を起こすのには絶好のチャンスだ。警戒を払うのは当然だろう。幽鬼《ユウキ》は大人しく、戸口付近で待った。

幽鬼《ユウキ》の体感時間において数十分後、二人目のプレイヤー——藍里《アイリ》がやってきた。部屋に入り、幽鬼《ユウキ》を目撃すると、〈とても信じられない〉という顔をした。そして、納得のいかなそうな顔をしつつ、「……おはようございます」と言った。

その顔はどういう意味だろうな、と思いながら、「おはよう」と幽鬼《ユウキ》は答えた。

続く三人目はすぐに現れた。真熊《マグマ》だった。四人目は日澄《ヒズミ》。最後に海雲《モズク》が、疲れの抜けきらない顔で入ってきた。徹夜していたのならもっと早く来ているはずだから、おそらく、眠らないよう気を張っていたものの、途中でうっかり寝付いてしまい、中途半端な睡眠時間で朝を迎えたという按配《あんばい》だろう。

それで、五人。古詠《コヨミ》を加えて六人。

七人目が現れることは、なかった。


（15／15）

3.クラウディビーチ（44回目）——第三日

（0／22）


〈クラウディビーチ〉——そのゲームが始まるより、少し前のことだった。

暗い部屋だった。カーテンは閉め切られていて、照明は点灯していない。パソコンのモニターがひとつ、光を放っているばかりである。その前方には一人の少女が座っていて、食い入るように画面を見つめていた。

モニターには、映像が流れていた。阿鼻叫喚《あびきようかん》の光景だった。人間が次々と命を落としていく、いわゆるスナッフムービーというものだった。

〈キャンドルウッズ〉の映像だった。

少女の住む業界における、伝説のゲーム。その映像を、つい先日、彼女は入手することに成功した。プレイヤーの身でありながら、ゲームを観戦する立場に彼女はついているのだった。

ゲームは進み、やがて終盤に。

「——お前みたいなごろつきに負けてらんないんだよ!!」

映像の中で、力強く叫ぶ娘がいた。

バニーガールの姿をした、幽霊のような雰囲気がある娘だった。プレイヤーネーム、幽《ユウ》鬼《キ》。強豪プレイヤー、白士《ハクシ》の弟子であり、九十九連勝の野望を受け継いだ人物。〈キャンドルウッズ〉で大暴れした殺人鬼、伽羅《キャラ》に対し、啖呵《たんか》を切っているシーンだった。

それが画面に映るとともに、少女は顔をけわしくした。

こいつだ。こいつこそが、私の因縁の相手――。


（1／22）

蜜羽《ミツバ》は、自室でばらばらになっていた。

（2／22）


おおむね、永世《エッセイ》と同じ目に遭っていた。

手足をもぎ取られ、胴体はテーブルの上。体の中身は周辺にばらまかれている。普通の人間はまず出くわす機会のない、しかし幽鬼《ユウキ》にとっては数度目の対面となる遺体だった。

昨日、幽鬼《ユウキ》を溺死させかけた娘である。しかし、死んでくれてせいせいという思いはなく、むしろ逆に情が湧いていた。少しでも知り合ったプレイヤーが凄惨な死に方をするのは、やはり嫌なものだ。幽鬼《ユウキ》は、感情を表に出さないよう気をつけた。

幽鬼《ユウキ》だけでなく、現時点で生き残っているプレイヤーの六人全員、蜜羽《ミツバ》のコテージに集合していた。いつまでも彼女が朝の集会に現れなかったので、昨日の永世《エッセイ》と同じように、迎えにあがったのだ。

すると――その結果も昨日と同じだった。

「この件も含めて――」

そう言ったのは、古詠《コヨミ》だった。

「今日も、ゆっくり話し合おうじゃないか」

古詠《コヨミ》はコテージを出ようとした。昨日と同じく、自分のコテージに戻るつもりなのだろう。

「待ってください」と幽鬼《ユウキ》はそれを呼び止めた。

「今日の集会は、ここでやりましょう」

「――なんだって？」

古詠《コヨミ》は幽鬼《ユウキ》を見て、その後、テーブルの上の蜜羽《ミツバ》を見た。

「仏さんの前でかい？」

「はい。昨日みたいに、忽然《こつぜん》と消えてしまうかもしれませんから」

幽鬼《ユウキ》のその発言に、〈なんのことだ〉と言いたげな顔をしたプレイヤーがいた。真熊《マグマ》だった。昨日はずっと単独行動をしていたのだろう彼女は、永世《エッセイ》の雲隠れについて知らないようだった。

「永世《エッセイ》さんの遺体、なくなってたんですよ」と幽鬼《ユウキ》は説明を入れる。

「昨日、集会が終わったあとに現場入りしたら、すでにもうありませんでした」

「へえ……あんたらが片付けたんじゃなかったのか？　あれ」

真熊《マグマ》は言う。昨日のうちに、彼女も現場を訪れてはいたようだ。

「確かに、見張っといたほうがいいかもねえ」と古詠《コヨミ》が言う。「全員、それで構わないかい？」

古詠《コヨミ》は、ほかのプレイヤーたちに聞いた。反対意見がなかったので、ここで集会をする運びになった。

先立って、プレイヤーたちは部屋を掃除した。ばらばらになった蜜羽《ミツバ》の遺体を、せめて各パーツの位置だけ正常に戻し、部屋の隅に寄せた。上から毛布をかけ、何人かは手を合わせることもした。白いもこもこ化した血液をあらかた片付けて、さっきまで蜜羽《ミツバ》の胴体が乗っていたテーブルを、六人は囲んだ。

幽鬼《ユウキ》の真正面には真熊《マグマ》が座った。昨日までと同じく水着姿だったのだが、布面積が増えていた。腕やら脚やら、全身のあちらこちらに布を巻いていた。

「真熊《マグマ》さん、どうしたんですそれ？」と幽鬼《ユウキ》は聞いた。

「うん？」真熊《マグマ》は、左腕肘のやや下に巻いている布を見て、「永世《エッセイ》の着てたガウンだよ。昨日のうちに、あいつの部屋から予備のやつを拝借させてもらった」

「いや、それはわかるんですが……なんで巻いてるんですか？」

「昨日、ちょっと怪我《けが》をしたんでね。包帯代わりに使わせてもらってる」

幽鬼《ユウキ》は眉をひそめた。

怪我をしただって？　鋼のような肉体を持つ、この人が？

いつ、どこで怪我をしたのか。続けざまに幽鬼《ユウキ》は聞こうとするのだが、「それじゃあ、始めようか」と、古詠《コヨミ》の声があったために引き下がった。

「まずは各人、昨日あったことを報告し合おう」

古詠《コヨミ》は、プレイヤーたちに視線を転々とさせ、藍里《アイリ》のところで停止させた。

「差し支えなければ、お前さんから初めてもらってもいいかい？　そこの二人に、昨日のことを教えてやりな」

〈そこの二人〉――真熊《マグマ》と日澄《ヒズミ》のことを、古詠《コヨミ》は示した。

「あ、はい。ええと……」

昨日の出来事を藍里《アイリ》は話し始めた。朝の集会が終わったあと、しばらく古詠《コヨミ》のコテージに残って、雑談。その後、蜜羽《ミツバ》の部屋から食料品を回収して、永世《エッセイ》のコテージに向かった。

すると――遺体が忽然《こつぜん》と消えていた。

一緒にいた幽鬼《ユウキ》、藍里《アイリ》、古詠《コヨミ》、海雲《モズク》、蜜羽《ミツバ》の五人にはアリバイがある。つまり、遺体を隠すことができたのは――

した。

「お二人さんしかいないよねえ」古詠《コヨミ》は言った。

真熊《マグマ》と、日澄《ヒズミ》。昨日の集会でいち早く出て行った二人に、プレイヤーたちの視線が集中した。

「知らないな」

真熊《マグマ》が答える。日澄《ヒズミ》も、声こそ出さなかったが、頭を横に振った。

「そうかい。すると、この中に犯人はいないってことになるねえ」

幽鬼《ユウキ》は、真熊《マグマ》を見た。全身のあちこちに巻かれた布に、再び注目した。

「真熊《マグマ》さん。その怪我、どこで作ってきたんですか？」幽鬼《ユウキ》は聞いた。

「あ？」

「昨日、ちょっと怪我したんですよね。いつ、どこでのことなのか、教えてもらえますか？」

「質問の意図がわからないな」

「古詠《コヨミ》さんもおっしゃった通り、遺体を隠すことができたのは、物理的に考えて真熊《マグマ》さんか日澄《ヒズミ》ちゃんの二人だけです。この二人は、昨日の集会で、ソロで行動したいと希望した二人でもあります。そして今日になると、真熊《マグマ》さんは怪我をしてきたという。――まるで、誰かと争ってきたみたいな怪我を」

「あたしが〈犯人役〉だって言いたいのか？」

凄《すご》んでいるふうではなかったが、威圧感を受けた。幽鬼《ユウキ》は顔を引き締める。

「ありえないな。あたしが犯人なら、こそこそ夜に襲撃する必要なんてない。今すぐここで、規定の数だけぶっ殺してやるよ」

「〈犯人役〉には、なにかほかにも、私たちの知らない要件が課せられているのかもしれません。一夜につき一人しか殺しちゃだめだとか、自分が〈犯人役〉であることを知られてはいけないとか……。そういったことを考慮に入れれば、真熊《マグマ》さんを疑うことは、十分に可能です」

「………」

「教えてもらえますか」

真熊《マグマ》と睨《にら》み合う時間が、数秒。

先に視線を外したのは真熊《マグマ》のほうだった。「木の枝で切っただけだよ」と彼女は言う。

「昨日は通日《つうじつ》、林の中を歩き回っててね。知らない間に、あちこち切り傷を作ってたのさ。こんな水着姿で歩いてたら、怪我《けが》のひとつやふたつできて当然だろう？」

確かに、当然だった。真熊《マグマ》のような図体《ずうたい》のでかいプレイヤーなら、なおさらである。

「トラップでもないのに怪我をしたってのが、恥ずかしくてね。言いたくなかったのさ。お望みなら傷口も見せてやろうか？」

「……いえ、大丈夫です。お答えいただき、ありがとうございます」

幽鬼《ユウキ》は言った。「どういたしまして」と真熊《マグマ》は返した。

「続きを話しておくれ。コテージを調査して……それで、そのあとは？」

「続けようかね」古詠《コヨミ》が、藍里《アイリ》に言った。

（3／22）

以降、集会は滞りなく進んだ。それぞれのプレイヤーが、昨日あったことを話した。

まずは藍里《アイリ》。現場検証を終えたあとは、ビーチを取り囲む林の中に分け入り、〈犯人役〉に対抗するための武装を考案しつつ、野営できそうな場所を探していたようだ。具体的にどんな装備を整え、どこで寝ていたのかは明かさなかったが、コテージに泊まらなかったということは教えてくれた。

続けて幽鬼《ユウキ》。現場検証を終えたあとは、ビーチの散策をする。かなり深いところまで行ってみたけれど、特に収穫は得られなかったということを報告した。また、蜜羽《ミツバ》と会い、多少の会話をしたことも話した。彼女に殺されかかったことについては、あらぬ誤解を生みそうだったのと、少し悔しかったのとで、伏せておいた。

さらに続けて、古詠《コヨミ》と海雲《モズク》。現場の検証を終えたあとは、ずっと自分のコテージにいたようだ。古詠《コヨミ》はともかく、海雲《モズク》がコテージでなにをしていたのか、幽鬼《ユウキ》は少し気になった。昨日、コテージを調べられるのを嫌がっていた様子だったからだ。とはいえ、詰問することはできそうにない雰囲気だったので、我慢した。

その次は真熊《マグマ》。藍里《アイリ》同様、彼女も野営したらしい。適当なポイントを探すために林の中を歩き回り、くだんの怪我《けが》もそのときにこさえたようだ。先の四人に比べ、あまり多くの情報を彼女は開示しなかった。野営の準備だけで一日かかるとも思えないので、ほかにもなにかやっているはずだと幽鬼《ユウキ》は思う。彼女が怪我をした原因も、本当はそこにあるのではないかと疑っている。

そして、最後の一人――日澄《ヒズミ》。

「なにもしてない」

とだけ彼女は言った。

「……ずっとコテージにいた、ってことかい？」

古詠《コヨミ》がうかがうと、日澄《ヒズミ》は頭を上下させた。疑わしさの極みのような証言だったが、詳しく突っ込むのも不自然なので、流した。

より詳細なゲームのルール、および〈犯人役〉の正体につながる情報はなかった。誰も見つけられなかったのか、それとも誰かが伏せているのか。ともかくも集会は終わり、昨日と同じく、真熊《マグマ》と日澄《ヒズミ》がさっさと席を立った。

昨日とは違い、四人だけしか残らなかった。

（4／22）

空気が重かった。

原因は明らかで、蜜羽《ミツバ》がいなかったからだ。人の部屋の冷蔵庫を勝手に開けて食べるほど、自由なプレイヤー。場の空気に強い影響を与えていたことが、いなくなって初めてわかる。

毛布をかけられた蜜羽《ミツバ》に、幽鬼《ユウキ》は目を向けた。あのマイペースな振る舞いが、今や恋しかった。惜しい娘を亡くしたなあ、と思う。

「――単刀直入に聞こうか」

古詠《コヨミ》が切り出した。

「あの二人、どう思う？」

どの二人なのかは聞くまでもなかった。単独行動を貫いている二人。ここにいない二人。永世《エッセイ》の遺体を運んだと疑わしき二人。真熊《マグマ》と、日澄《ヒズミ》だ。

「まあ、疑わしくはありますけどね」

幽鬼《ユウキ》が答える。

「でも、あの二人にしたって、問題は残りますよ。私たちがコテージに着くまでに遺体を隠すには、時間がいささか足りませんから」

流れ出した血液分を差し引いても、永世《エッセイ》の遺体は数十キロの重量がある。剛腕の真熊《マグマ》をもってしても、日澄《ヒズミ》と二人がかりで行なったとしても、たった数分で運び去るのは困難だ。

「……そもそも、どうして遺体が運ばれたんでしょう?」海雲《モズク》が言った。「詳しく調べられると、厄介なことでもあったとか……?」

「だとすれば、今回こそ発見があるかもしれませんね」

藍里《アイリ》が言った。部屋の隅にたたずむ蜜羽《ミツバ》の遺体に、目をやった。

それから幽鬼《ユウキ》に目を移して、

「幽鬼《ユウキ》さん。真熊《マグマ》さんのこと、疑ってるんですか?」

「それなりにね」幽鬼《ユウキ》は答える。「ただ、ほかのプレイヤーに比べたらってだけで、そんなにも強く疑ってるわけじゃないよ。態度だけ見ればいかにも怪しいけど、過去のゲームでもあの人、ああいう感じだったしなあ。一匹狼《おおかみ》というか、なんというか」

三十オーバーともなれば、それぞれ独自のスタイルをプレイヤーは確立する。

幽鬼《ユウキ》なら、ほかのプレイヤーに雑多に恩を売っておき、薄く広く味方を増やしていく〈利他〉のスタイル。いつかやり合ったあのお嬢様、御城《ミシロ》なら、他人を思うまま操ろうとする〈支配〉のスタイル。三十オーバーではないが、〈キャンドルウッズ〉のような危険なゲームを避けて通る古詠《コヨミ》は、さしずめ〈臆病〉のスタイルを確立しているといえよう。

そのスケールで語るなら、真熊《マグマ》のプレイスタイルはまさに〈孤高〉だ。一個体としての能力を高めに高めることで、生存を目指す。彼女の生存戦略に他者の存在は含まれておらず、それゆえにしばしば、ほかのプレイヤーと不和を起こす。蜜羽《ミツバ》とはまた別のベクトルで、マイペースなプレイヤーなのだった。

あんなふうに孤立無縁になることが、過去のゲームでもあった。あの態度をもって、〈犯人役〉であると判断するのは不適である。

「でも、なにかを隠してる気配はあるんだよな……。林の中で怪我《けが》したって、あれ、絶対嘘《うそ》だと思うし」

うっかり怪我をする、なんて間抜けをやらかすような真熊《マグマ》ではない。幽鬼《ユウキ》がさっき言った通り、誰かと争ってできた怪我なのか——それとも、彼女でさえ怪我を負うほどの、〈三十の壁〉に匹敵するイレギュラーがあったのか。

「あ……あの」海雲《モズク》が言った。「不謹慎なことかもしれないんですけど、いいですか？」

「なんです？」藍里《アイリ》が聞く。

「今のところ、一夜に一人ずつですよね。ゲームの生還率から考えて、犠牲者は三人ですよね。だったら……今日でもう、ゲームは終わるんでしょうか？」

「ああ……」

不謹慎でもないし、重要なことだった。

つい犯人探しをしそうになっていたが、このゲームは生存型なのだ。〈犯人役〉を当てるのでもなく吊《つる》し上《あ》げるのでもなく、それが殺したいだけ殺させてやることによって、ゲームは終わる。

「結局、今日もルールははっきりしなかったねえ」古詠《コヨミ》は言う。

「しかしまあ、大方、幽鬼《ユウキ》の読み通りだろうさ。ルールの明示がないのは、誤解を受ける心配のないルールだから。〈犯人役〉以外のプレイヤーは、ただ一週間を生存するだけでいい。問題は、〈犯人役〉が何人殺す必要があるのかだが……」

少なくとも二人以上、というのは間違いないだろう。なにせ、すでに二人死んでいるのだから。最大数は、可能性だけをいえば七人までありうる。ゲームの期間が一週間なのだから、一夜に一人ずつ死ねば、ちょうど足りる計算だ。

しかし、それでは〈犯人役〉の勝利条件が厳しすぎる。ゲームの生還率から考えても、要求されている数は、それより小であろう。

「まあ、三人ぐらいですよね。普通に考えたら」幽鬼《ユウキ》は言う。

「ただ、今日でゲームが終わるかどうかはわかりませんね。一夜に一人殺すことが、マストとは限らないですし。二日連続で殺したから今日は休もう、って〈犯人役〉が考えるかもしれません」

「それもちょっと気になりますよね」藍里《アイリ》が言う。「永世《エッセイ》さんも蜜羽《ミツバ》さんも、夜の間、なおかつ一人ずつ殺されてます。そうしないといけない理由でもあるんでしょうか？」

絶海の孤島が舞台の、クローズドサークルを模したゲーム。

であるならば、〈犯人役〉の殺し方に、いろいろ注文がついていたとしても不思議はない。夜の間にしか犯行は認められないとか、必ずコテージで殺さないといけないとか。あのばらばら死体も、注文に応えた結果のものかもしれない。〈犯人役〉ではない幽鬼《ユウキ》に、真相はわからない。

それに限らず、このゲームはわからないことだらけだった。〈犯人役〉以外に与えられている情報が少なすぎる。プレイヤーに〈推理させる〉ための、おそらくは意図的な仕掛けなのだろうが、幽鬼《ユウキ》との相性はよろしくない仕掛けだった。これまでもっぱら、頭脳よりも直感で生き延びてきたプレイヤーなのだ。

生還率を上げるため、私はなにをすべきなのか。幽鬼《ユウキ》は頭を回そうとするのだが――

「……だめだ、眠い」

頭の痛みとともに、幽鬼《ユウキ》は顔をしかめた。

〈犯人役〉を警戒し、眠らずの一夜を過ごした。そのダメージはしっかり幽鬼《ユウキ》を蝕《むしば》んでいた。さすがにちょっと仮眠しないとな、と思う。

「腹にものを入れたらどうだい？」

古詠《コヨミ》が言った。持ち主を失った冷蔵庫を、指差した。

「少しは目が覚めるだろうさ」

「そうします……」

幽鬼《ユウキ》は、膝歩きで冷蔵庫に向かった。ラムネを一本取り出して、ふたのビー玉を落とすため、キッチンに立った。

流しの隅に置かれた、三角コーナーが目に入った。

中身は空っぽだった。


（5／22）


その後、四人で現場検証をした。

テーブル周辺の白いもこもこが片付いていることと、遺体が残っていることを除けば、昨日の永世《エッセイ》のコテージとおおむね同じ様子だった。遺体がばらばらにされているのとは対照的に、部屋へのダメージはまったくと言っていいほどない。棍棒《こんぼう》で打ちつけたことによる床のへこみや、ナイフでひっかいたことによるテーブルの傷のひとつすら、発見できなかった。

部屋の調査を終えて、いよいよ蜜羽《ミツバ》の遺体に挑んだ。遺体にかけられていた毛布を剥《は》ぎ取ると、永世《エッセイ》と同じく消えてしまっていた——などということはなく、さっきまでと変わらぬ凄惨さで、蜜羽《ミツバ》はそこにいた。各パーツこそ元の位置に直してあるが、その継ぎ目はひとつたりとて無事ではない。ものの見事にばらばらになっている。

「このばらばらも、意図があってやってることなのかねえ」古詠《コヨミ》が言う。

どうだろう、と幽鬼《ユウキ》は思う。死因を隠蔽する等、実利的な理由でばらばらにしたのかもしれないし、単に遺体をばらばらにしたがる趣味の人物だったのかもしれない。後者の可能性は、そこそこあると幽鬼《ユウキ》は見ている。

「切断面、あんまり綺麗《きれい》じゃないですね」

右腕の切断面を見て、藍里《アイリ》が言った。

「鋭利な刃物で一刀両断、という具合ではありません。同じ場所に何回も打ちつけて、がんばって切りました、みたいな感じです」

「ってことは……〈犯人役〉は、刃物の扱いに慣れてない？」幽鬼《ユウキ》が聞く。

「それか、わざとそうしたのかもしれません。遺体をぐちゃぐちゃにするのも、手足を汚く切断するのも、行為の性質としては同じですし」

藍里《アイリ》は思案顔をした。その顔を幽鬼《ユウキ》も真似《まね》てみるのだが、新発見は得られなかった。

遺体を調べ終えると、四人は解散した。藍里《アイリ》は、〈気になったことがあるから〉と言い、永世《エッセイ》のコテージに向かった。古詠《コヨミ》と海雲《モズク》は、それぞれ自分のコテージに戻った。昨日と同じく、自室でおとなしくしている所存のようだ。

三人を見送って、これからどうしようか、と幽鬼《ユウキ》は考える。

このゲームは、九分九厘生存型である。〈犯人役〉の殺害対象に選ばれさえしなければ、ほとんど自動的にゲームクリアとなる。〈犯人役〉の気持ちに立って考えてみれば、弱い順にプレイヤーを襲撃していくのが最適なように思えるが、実際にはまったくそうなっていない。一人目の犠牲者は、五十回の大台に差し掛かっていた達人、永世《エッセイ》。二人目は、これまた三十回の大台であった自由人、蜜羽《ミツバ》だ。弱い順どころか、強い順に狙っているようですらある。三人目の標的に幽鬼《ユウキ》が選ばれる可能性は、十分にある。

気になるのは、永世《エッセイ》のみならず、蜜羽《ミツバ》までもがむざむざやられたという事実だ。昨日、ビーチで幽鬼《ユウキ》を手玉に取ってみせたあの娘が、〈犯人役〉の存在を認知している状態で、ろくな抵抗もできずに殺されるものだろうか。できなかったのだとすれば、そこには、なにか裏があるのではないか。永世《エッセイ》や蜜羽《ミツバ》ですら殺されてしまうような落とし穴が、このゲームには隠されているのではないか。

隠しているといえば、真熊《マグマ》のこともある。木の枝で切ったという無数の怪我《けが》。あれは一体なんなのだろう？　〈犯人役〉であることを隠しているのでないとすれば——彼女は、このゲームのからくりに気づいているのではないか？　生き残りの成否を分ける最重要の情報。それを握っているからこそ、〈犯人役〉と誤解されるリスクを負ってでも、隠し通そうとしているのではないか？

彼女を探そう、と思った。

幽鬼《ユウキ》は、林に乗り込んだ。

（6／22）

幸いにも、真熊《マグマ》はすぐに見つかった。

正確には、この先にいるのではないかと思《おぼ》しきものが見つかった。昨日《おととい》にもプレイヤー全員で歩き回った林の中に、そのときにはひとつもなかったはずの、罠《わな》を発見したからだ。

尖《とが》らせた竹を地面に突き刺してあるだけの、シンプルな罠だ。

しかし、罠だった。明らかに人為的なものだった。仕掛け人は真熊《マグマ》だろう、と幽鬼《ユウキ》は確信する。この林には藍里《アイリ》も野営しているそうだが、彼女が仕掛けた可能性は低い。〈犯人役〉でないプレイヤーにまで被害が及びかねない——ほかのプレイヤーとの不和を呼びかねない、そんなものを設置するのは、個人主義者の真熊《マグマ》だけだからだ。

この先に、真熊《マグマ》の寝ぐらはある。

侵入者を阻む罠があるということは、そういうことだ。そして、この先におそらく、彼女の握っている〈秘密〉がある。罠を乗り越えていかねばならないので、進むのにはそれなりの危険が伴うが、行動しないことによる危険もまた大きかった。〈犯人役〉の三番目の標的に幽鬼《ユウキ》が選ばれてしまったら、生き延びられる保証はまったくない。生存確率を上げるため、やれることはすべてやっておきたい。
幽鬼《ユウキ》は、前に進んだ。

（7／22）

藍里《アイリ》は、自分のコテージに戻った。

（8／22）

四人が解散したあと、藍里《アイリ》は永世《エッセイ》のコテージに向かった。〈気になったことがあるから〉とほかの三名には話したが、これは真相を外している。嘘《うそ》をついているわけではなかったが、わざと誤解を生む表現をした。〈気になったことがあるから〉、それを調べるため赴いたのではなく、〈気になったことがあるから〉、それに必要な道具を取りに行くため、藍里《アイリ》は永世《エッセイ》のコテージに足を運んだのだ。
具体的には、彼女の着ていた衣装だった。
白衣を連想させる、ガウンだった。彼女の部屋のタンスに、まだ残っていた。真熊《マグマ》が全部持ち去ったのではなかったようだ。

　それを持ち、藍里《アイリ》は自分のコテージに戻った。部屋中くまなく調べ、ほかのプレイヤーが潜んでいないことを確認すると、ソファに腰を下ろした。自分の左腕に目を落として、蜜羽《ミツバ》の腕が切断されていた辺りの部位――肘の少し手前を、念入りに揉《も》んだ。

　異物の感触がして、藍里《アイリ》は手を止めた。

　やはりか、と思った。

　錠剤ほどの大きさをした物体が、肌の下に埋め込まれている。内側と外側、ちょうど正反対の位置関係で、ひとつずつ。周囲の皮膚に切開した跡はなく、腕を曲げ伸ばししても違和感はないので、こうして強い疑いとともに腕を調べない限り、まずわからない。現に藍里《アイリ》は、ゲームも三日目となった現在に至るまで、まったく気づかなかった。ほかのプレイヤーも同様であろう。存在を知っているのは、〈犯人役〉と、藍里《アイリ》と、おそらくは真熊《マグマ》だけだ。

　その感触とともに、藍里《アイリ》はすべてを理解する。遺体がばらばらにされていたのはなぜか？　これの存在を隠すためだ。永世《エッセイ》や蜜羽《ミツバ》が無抵抗にやられたのはなぜか？　これのせいだ。真熊《マグマ》が今朝、体のあちこちに布を巻いていたのはなぜか？　これを摘出した痕跡を隠すためだ。

　このゲームに仕掛けられた、罠《わな》だった。

埋め込み式の装置だった。

ゲームの開催に際し、運営は藍里《アイリ》たちにこれを埋め込んだ。狙いは十中八九、〈犯人役〉へのアドバンテージの付与だろう。まず初めに考えられる機能は、発信機である。藍里《アイリ》の居場所を、〈犯人役〉へ常に送信している。隠れる場所はいくらでもあるこの島だ、そういうものが用意されていてもおかしくはない。監視カメラの映像を〈観客〉ともども〈犯人役〉は見ているのではないか、ぐらいのことは藍里《アイリ》も想像していたのだが、それどころではない。直《じか》に居場所をつかまれていたというわけだ。これでは、コテージで寝ようが野営しようが、安全度に変わりはない。

また、永世《エッセイ》と蜜羽《ミツバ》の死を考えると、さらなる機能のことも考えるべきだろう。この装置から、電流が発せられるという可能性だ。さらに詳しく全身を調べたところ、左腕のみならず右腕にも、左脚と右脚にはそれぞれ四つずつ、計十二個埋められているのを確認できた。もしも藍里《アイリ》の想像が正しいとすれば、この装置が機能を発揮した瞬間、全身しびれて動けなくなる。重ねてもしも、その機能を管理するリモコンが、〈犯人役〉に与えられているとしたら？　藍里《アイリ》の目の前で、それを起動されたとしたら？　ひとたまりもあるまい。〈犯人役〉が、切り刻みたいだけ切り刻まれるしかない。永世《エッセイ》や蜜羽《ミツバ》のような達人でも、これは如何《いかん》ともし難《がた》い。

これがある限り、藍里《アイリ》に安全の二文字はない。

「……外さないと」

藍里《アイリ》はつぶやく。

放電の機能があるかどうかは未確定だし、仮にあったとして、無制限に使えるものでもないのだろう。一夜に一人ずつ殺されていることから考えるに、おそらく、一日一回、加えて夜の間にしか使えない等の制限があるはずだ。が、どんな制限がかかっていようと、それを補って余りある威力がこの装置にはある。存在に気づいて、放っておけるほど藍里《アイリ》はぼけていない。

一刻も早く、摘出しないといけない。

藍里《アイリ》は、オフショルダーの水着に手を突っ込んだ。

ガラスのナイフを取り出した。

昨日、手に入れたものだ。永世《エッセイ》のコテージの窓を割って、加工した。水着の下に隠しておいても問題が生じないほど、刃物としてはなまくらもいいところだったが、皮膚を裂き、中にあるものを取り出すぐらいの機能は期待できよう。

藍里《アイリ》は、キッチンに立った。

ナイフの先のほうで、装置の埋まっている箇所をとんとんと叩《たた》いた。これからすることに想《おも》いを馳《は》せて、嫌だな、と純粋に思った。しかしやるしかなかろうと自分に言い聞かせた。こんななまくらを使わなくとも、探せばもっといい道具があるのでは、とも思った。

レンジを分解して金属製の部品を手に入れるとか、蜜羽《ミツバ》の遺体から骨を抜いてきて削るとか。それはあるいは的を射ているかもしれなかったが、いずれにせよ十全な道具でないことに変わりはない。もっといいものがあるのではという疑念は拭えないだろう。完璧を求めすぎると、きっと泥沼にはまる。これで妥協するべきだ。迷いを断ち切るべきだ。

皮膚に当てたナイフに、力を込めた。

目は逸《そ》らさなかった。元来、そういうことのできる性格ではなかった。子供の頃の予防注射で必ず注射針を凝視していたのは言うまでもなかったし、我が家の経済状況ではあなたを高校には行かせられないと母親に告げられたときも、しょうがないなとすぐに諦めた。〈キャンドルウッズ〉でナイフを渡されてさあ殺せと言われたときも、現実逃避の檻《おり》に入ることはできなかったし、三十回目のゲームで雪山に取り残されたときでさえ、ほかのプレイヤーのように混乱したり憤ったりはできず、こういうものかとしか思えなかった。

人の幸福には、楽観視の色眼鏡が必要不可欠らしい。

ならば、私は一生、幸せにはなれないだろう。

こんなものの存在に気づきさえしなければ、自分の体にメスを入れることも、心拍数が二倍以上になるほどの痛みを覚えることもなかった。腕に傷を負うのは初めてのことではなかったが、だからといって痛くないわけがなかった。声をあげてしまってはまずいと思い、永世《エッセイ》のコテージから持ってきたガウンを噛《か》むことにした。切った箇所から溢《あふ》れる白いもこもこが、床に落ちないようキッチンで作業しようなどという余裕は維持できず、予想通り錠剤ほどの大きさだった装置を取り出したときには、藍里《アイリ》はベッドの上で荒く呼吸を繰り返していた。

漫画みたいにぽたぽたと流れ落ちるほどの汗をかきながら、藍里《アイリ》は、装置をつまみ、キッチンの三角コーナーへと投げ入れた。動かすだけで痛い左腕を、それでも回して、外側に埋まっているほうの装置に右手の指で触れた。いつもと同じく、今回も陥落することのなかった藍里《アイリ》の理性が、きわめて冷静にその数字を告げてきた。

あと、十一回。

（9／22）

時間にして、三十分もなかったと思う。

しかし、藍里《アイリ》にとっては、いっぺん死んでもう一度生まれ変われるかと思うぐらいの、長い長い地獄だった。十二個全部を摘出したあと、ほかにもまだ埋まっていないか、藍里《アイリ》は全身くまなく探した。探せる範囲では、見つからなかった。もしかしたら心臓近くに十三個目が埋めてあって、これまでの努力は全部無駄だったのかもしれないが、そのときは諦めるしかあるまいと、やはり藍里《アイリ》は冷静な思考を失わなかった。

永世《エッセイ》のガウンを細く切ったものを巻いて、傷痕を隠した。今朝の真熊《マグマ》と同じ状態だ。彼女以外のプレイヤーがこうしていなかったことから見るに、装置の存在に気づいているのは、現状では藍里《アイリ》と真熊《マグマ》だけだろう。〈犯人役〉の有利が半減した以上、永世《エッセイ》と蜜羽《ミツバ》に続く三番目の標的として藍里《アイリ》が選ばれることは、これでほとんどなくなるはずだ。

〈犯人役〉が〈被害者役〉に電流を浴びせて動きを止められるというこの事実を、どう扱ったものか藍里《アイリ》は悩んだ。幽鬼《ユウキ》のように、ある程度他人と協力してゲームに取り組むのが藍里《アイリ》のプレイスタイルだったが、この事実を明かすのは、〈ある程度〉の言葉で表せる範囲を超えているように思う。全員が装置を取り外してしまったら、〈犯人役〉が藍里《アイリ》を狙ってくる危険が復活するし、装置のことをばらしたのが藍里《アイリ》であると知られたら、自らの優位を失わせた〈報復〉という動機を、〈犯人役〉に与えてしまうことにもなりかねない。公開か、非公開か。藍里《アイリ》はさんざん迷って、とりあえず保留とした。明日の集会までに、決めればいいことだ。

ともあれ、防御は済ませた。

次は——攻撃だった。

装置の存在は、もうひとつの手がかりを藍里《アイリ》に与えてくれた。〈犯人役〉以外のプレイヤーには、装置が埋められている。それはつまり、プレイヤーのボディチェックを行えば、誰が〈犯人役〉なのか容易に特定できるということを意味する。〈キャンドルウッズ〉でもそうだったように、〈犯人役〉にもなにかしらの装置、あるいはダミーの装置が埋められていることも否定はできないが、そうでない可能性も十分にある。犯人につながるものを得られず、これまで防御行動のみを強いられてきたところに、初めて攻撃の手段を得た。この機会を活《い》かさない手はない。

　このゲームは生存型である。プレイヤーは一週間を生き延びるだけでよく、犯人当てをする必要はまったくない。しかし——ルール通りに果たしていくものか、と藍里《アイリ》は疑っていた。もしも彼女が犯人だったとすれば、彼女が藍里《アイリ》の考えている通りの人物だったとすれば、現在予想されている三人という犠牲者数に、落ち着くとは限らない。忘れもしないあのゲーム——〈キャンドルウッズ〉のように、ルールを超越した無茶苦茶《むちゃくちゃ》な数の犠牲者が出ることも、考えられる。

　確認しておく必要があった。

　場合によっては、対応を考える必要もあった。

　藍里《アイリ》は、日澄《ヒズミ》のコテージに向かった。

（10／22）

日澄《ヒズミ》。

ふわふわとした雰囲気のプレイヤー。

はっきり言おう。藍里《アイリ》は、彼女を危険視している。昨日、幽鬼《ユウキ》にそれとなく伝えたことであるが、このゲームに伽羅《キャラ》の弟子が紛れ込んでいる可能性を考えていて、彼女こそがそうなのではないかと、強く疑っている。

永世《エッセイ》、および蜜羽《ミツバ》の遺体はばらばらにされていた。装置を摘出し、その存在を隠蔽するため——という説明がつきはしたものの、それだけが目的だったとは思えない。事実、藍《アイ》里《リ》は遺体の切断面の不自然さから、なにか埋められているのではないかと推理したわけで、全然隠蔽できていない。ほかの目的を伴っていたとしか思えない。

それがなにか、と考えたとき、連想するのはやはりあの殺人鬼のことだ。三百人以上のプレイヤーを殺害、業界を瀕死《ひんし》にまで追い込んだ大悪魔、伽羅《キャラ》。〈キャンドルウッズ〉の生き残りである藍里《アイリ》と幽鬼《ユウキ》が、このゲームに参戦しているという事実を考慮に入れれば、答えはひとつしかない。——メッセージだ。このゲームに伽羅《キャラ》の弟子が潜んでいて、〈キャンドルウッズ〉の再現をしてやろうともくろんでいる。伽羅《キャラ》を地獄に送った二人はもちろんのこと、全プレイヤーをばらばらに解体してやると宣言している。そう考えれば、綺《き》麗《れい》にシナリオが組み上がる。

そして。

やつの弟子であると、最も疑わしいプレイヤーは——日澄《ヒズミ》だ。

「…………」

ばかじゃねえの、と藍里《アイリ》の理性が言った。

まるで妄想狂だ。推測に推測を重ねた、空中楼閣の論理。言いがかりに等しいということは、むろん、藍里《アイリ》も理解していた。妄想に狂えるほど、わかりやすい精神構造を藍里《アイリ》はしていない。

だがしかし——。あの遺体は猟奇的すぎた。こんな命懸けの世界でも、そうそうお目にかかれるものではない。伽羅《キャラ》との関連を考えないではいられなかった。かねてより、〈キャンドルウッズ〉の再来があるのではという恐れもあった。根拠薄弱、なれど、疑念を抱かないではいられなかった。

抱いてしまったら、確認しないではいられなかった。

誤解だったら、それで済む話だ。

藍里《アイリ》は、日澄《ヒズミ》のコテージの扉をノックした。しばらく待つと、返事もなく扉が開き、日《ヒ》澄《ズミ》が姿を現した。三白どころか四白の両眼が、藍里《アイリ》を見据えた。

「なに？」と聞いてくる。

その異様な雰囲気に気圧《けお》されつつも、「折り入って、お願いがありまして……」と藍里《アイリ》は言う。

「なに？」

「ボディチェックを、させてほしいんです」

「なんで？」

彼女には言うしかあるまい。藍里《アイリ》は口を開く。

「プレイヤーの体内に、装置が埋められているのに気づいたんです」

左腕に巻かれた布を触りながら、藍里《アイリ》は言った。自身の同じ場所に、日澄《ヒズミ》は目を向ける。

「発信機と、スタンガンのように電流を流す機能のふたつがあるかと思われます。永世《エッセイ》さんや蜜羽《ミツバ》さんのようなベテランが揃《そろ》ってやられたのは、おそらくこれが理由です。私もついさっき気がついたところで、急いで摘出してきました」

自分の腕を日澄《ヒズミ》は触る。発言の真偽を確かめているのだろう。〈犯人役〉らしくはない反応だったが、演技である可能性も捨てきれなかった。

「調べさせてもらえませんか」と藍里《アイリ》は続ける。

「これの有無で、〈犯人役〉かどうかを見分けられるはずです。日澄《ヒズミ》さんの体内に埋まっているか、調べさせてください。すぐ済むことですから、どうか……」

言いながら、藍里《アイリ》は一歩前に出る。

が、その歩幅と同じだけの距離、日澄《ヒズミ》は下がった。

「――いやだ」

と言った。

いるのか。

「近づくな」

「……なぜですか？」

「こっちに来るな」

藍里《アイリ》が〈犯人役〉であることを警戒しているのか――それとも警戒しているふりをしているのか。

そう思って、「私は丸腰です」と藍里《アイリ》は両手を広げた。

「嘘《うそ》だ。水着の中に隠してる」

藍里《アイリ》は、オフショルダーの水着に目をやった。確かに、この中に隠すことは可能だ。現にさっきまではそうしていた。

「隠してませんよ」と藍里《アイリ》。

「なんでしたら、脱ぎますから。ちょっと恥ずかしいですけど……」

「来るな！」

藍里《アイリ》は驚いた。唐突に叫ばれたのと、日澄《ヒズミ》が叫ぶのを聞いたのが初めてだったことの、合わせ技だ。

日澄《ヒズミ》は、身構えていた。世に言うところの一触即発な気配だった。この態度をどう解釈すべきだろうかと藍里《アイリ》は考える。純粋に藍里《アイリ》を警戒しているのか、それとも、彼女こそが〈犯人役〉で、追及をかわそうとしているのか。いずれにせよ、装置の有無を調べるのは難しそうだった。

「わかりました」と藍里《アイリ》は言う。

「じゃあ、それは諦めますから。代わりに、ひとつだけ質問させてください」

「……なに？」

「伽羅《キャラ》、というプレイヤーに、覚えはありませんか？」

日澄《ヒズミ》の目が見開かれた。あの四白眼、まだ全開ではなかったらしい。

「名前の通り、伽羅《キャラ》色の髪をした人です。もしなにか知ってることがあったら――」

藍里《アイリ》の言葉は、そこで途切れた。

日澄《ヒズミ》が、手刀を振り抜き、襲いかかってきたからだった。

（11／22）

ゲームにおいて、武器の持ち込みは禁じられている。

運営の想定しない道具があっては、ゲームの運行に支障をきたしかねないからだ。ゲームに持ち込めるのは、己の身体《からだ》ひとつと、指定の衣装。あとは髪飾りや眼鏡のような、一部例外が認められるのがせいぜいだ。

が、裏を返せば、人体の一部を武器として改造するのには、問題がない。わずかな違いが生死を分けるこの世界において、それを模索するプレイヤーは多い。

例えば――爪。

刃物のようにとはいかないものの、磨いて尖《とが》らせるぐらいのことはできる。眼球や喉のような急所に当てれば、致命的なダメージを与えるぐらいのことはできる。

焦点が合わなくなるほど、日澄《ヒズミ》の手刀がぎりぎりにまで接近した。

藍里《アイリ》は、後ろに跳んだ。

日澄《ヒズミ》が踏み込んでくるのよりも高速で、藍里《アイリ》は下がった。とっさの行動であり、姿勢に気を払っている余裕はなかった。後ろから倒れ込むように、コテージ周りの浅瀬に藍里《アイリ》は着水した。

起き上がろうとする藍里《アイリ》に、血相を変えた日澄《ヒズミ》が迫った。

こちらにつかみかかろうとしてくる日澄《ヒズミ》の両手を、藍里《アイリ》はつかんだ。日澄《ヒズミ》が上で、藍里《アイリ》が下。互いに両手を塞がれた拮抗《きっこう》状態となる。

「――知ってるんですか？」

藍里《アイリ》は言う。

「伽羅《キャラ》と会ったことが？　日澄《ヒズミ》さんと関係があるんですか!?」

「だからどうした」

眼球が飛び出るのではないかというほど圧力のかかった目で、日澄《ヒズミ》は言う。

「知ってたらなんだ？　弟子だったからなんだ？　ばらばら死体はお手の物だろうって言いたいのか？　師匠みたく暴れ出すに違いないって言いたいのか？」

師匠。弟子。藍里《アイリ》が言及していないワードを、日澄《ヒズミ》は自分から出してきた。

「どいつもこいつも！　自分の見たいように人を見やがって！　私は私だ！　自由な意志と肉体を持った一個体の私だ！　勝手なイメージを貼り付けるな！」

叫び慣れていないのだろう、声のボリュームを調整しながらの言葉だった。

「いいか！　今はおとなしくしてやってるが、近いうちに全員ぶち殺してやるからな！骨も残らないと思え！　お前らが全員死んでも、私は生き延びてやる！」

支離滅裂だ、と藍里《アイリ》は思った。一言一言は意味が通っているが、全体を通すとわからなくなる。わかるのはただひとつ。このままでは、日澄《ヒズミ》に殺されかねないということだけだ。

仕方あるまい、と覚悟を固めた。

藍里《アイリ》は、膝を立てて、日澄《ヒズミ》の腹に打撃を入れた。

反撃したのだ。

日澄《ヒズミ》は、えずいた。一瞬ではあったが、ひるんだ。その隙に藍里《アイリ》は日澄《ヒズミ》の下から脱し、ばしゃばしゃと水音を立てて逃亡を図った。

「待て！」

と日澄《ヒズミ》は言うものの、彼女が立ち上がったときには、すでにかなりの距離が開いていた。

藍里《アイリ》と日澄《ヒズミ》の身長差から考えて、追いつくことはもうできなかった。

陸に上がって、砂浜を突っ切り、林の中に駆け込む。

それでも速度を落とさないまま、藍里《アイリ》は考える。

確信は持てなかった。疑いも捨てきれなかった。確かなことは、日澄《ヒズミ》が、殺人鬼の名前に尋常ではない反応を見せたこと。彼女の弟子であるという証言が、直接的にではないが得られたということだ。

やはり、彼女なのか？


（12／22）


幽鬼《ユウキ》は、撤退した。

先に進むにつれて――真熊《マグマ》の居所に近づくにつれて――トラップは過激、なおかつ発見も難しいものに変わっていった。罠《わな》をかわす能力には絶対の自信があった幽鬼《ユウキ》だったが、敵のほうが一枚上手であり、落とし穴の罠にかかってしまった。底に仕掛けられていた竹《たけ》槍《やり》で体を串刺しにされる――ことはなんとか回避し、かすり傷で済ませるには済ませたのだが、これ以上進むのは危険であると判断した。

撤退だ。なんか今回は空回りしてばっかりだな、と思いつつ、幽鬼《ユウキ》は林を歩いた。

「……あ」「あ」

すると、藍里《アイリ》と出くわした。

「……久しぶり」「久しぶりです」

裂傷にまみれた幽鬼《ユウキ》の姿を見て、藍里《アイリ》は言う。「その怪我《けが》は？」

「真熊《マグマ》さんの罠《わな》にかかって……。会いに行こうとしたんだけど」

「ああ……」

「藍里《アイリ》こそ、それ、怪我したの？」

藍里《アイリ》は、体のあちこちに布を巻いていた。今朝の真熊《マグマ》と似たような状態だ。

「……ご想像にお任せします」と彼女は答える。

その反応も今朝の真熊《マグマ》と同じだった。なにか隠しているふうだ。よく見ると、布を巻いてある箇所も、真熊《マグマ》とまったく同じである。

「…………」

幽鬼《ユウキ》は、自分の腕を揉《も》んだ。


(13／22)

藍里《アイリ》と別れ、幽鬼《ユウキ》はコテージに向かった。

自分のコテージに、ではない。永世《エッセイ》のコテージに、である。今朝の集会後、〈気になったことがあるから〉と言って、藍里《アイリ》が向かった先。そこで幽鬼《ユウキ》は、永世《エッセイ》の衣装だったガウンと、案の定割られていた窓ガラスの破片を入手し、自分のコテージに戻った。

そして、ソファに座り、自分の腕を触った。

先ほどと同じく、異物の感触があった。

全身に布を巻いていた真熊《マグマ》。それと同じ格好をして現れた藍里《アイリ》。その符合の意味に気づかないほど、幽鬼《ユウキ》は愚か者ではなかった。このゲームでは、〈犯人役〉を除くすべてのプレイヤーに、装置が埋められている。その機能は、おそらく第一には、電流かなにかを流してプレイヤーの動きを止めること。〈犯人役〉に与えられた変則的な〈武器〉だ。ほかにも、発信機や、装着者の各種バイタルを送信する機能なんかも、あるかもしれない。

今朝調べた蜜羽《ミツバ》の遺体に、こんなものはなかったはずだ。〈犯人役〉がくり抜いて持ち去ったのだろう。遺体がばらばらにされていたのはそれをごまかすためだったのだ。にもかかわらず装置の存在を突き止めてみせるなんて、さすがは藍里《アイリ》だな、と幽鬼《ユウキ》は思う。

しかし、一方で、できれば自分で気づきたかったな、という思いもあった。思いもよらないことではなかったはずだ。幽鬼《ユウキ》の三十回目のゲーム、〈ゴールデンバス〉においても――あれはルール外のことだったたし、結局は未遂に終わったわけだが――装置を埋め込んで参加しようとしたことはあったのだから。徹夜したのがいけなかったのかな、とかなんとか思いながら、幽鬼《ユウキ》はキッチンに立ち、ガラス片を使用して装置の摘出にかかった。

過去のゲームで四肢すべてを切断したことさえある幽鬼《ユウキ》だったので、苦戦はしなかった。藍里《アイリ》が布を巻いていた箇所を思い出し、痛みに耐え、計十個の装置を摘出し終えるのだが
――

「……おっと、危ない」

足の裏にも装置が埋められているのを、発見した。

マリンシューズを藍里《アイリ》は履いていた。なので、足には布が巻かれておらず、装置が埋められているとすぐにはわからなかったのだ。両足にひとつずつ埋まっているのを摘出し、これにて十二個。ほかにはもうないことを、全身くまなく調べて、確認した。

そして、息を吐いた。

人から教えてもらった情報でというのも情けないが、ともかくも安心だ。〈犯人役〉の今夜の標的に、幽鬼《ユウキ》が選ばれる可能性はこれでぐっと減るだろうし、仮に襲われたとしても、抵抗の余地はあるだろう。

安心すると、ふらっときた。

ちょっと寝るか、と思った。

幽鬼《ユウキ》は、ベッドに体を預けた。枕を高くして――とまではまだいかないものの、仮眠するぐらいのことは、してもいいと考えた。装置を取り外したことと、これまでの犯行がい

ずれも夜に行われていたことからの判断だ。意識の端っこのところを強くつまみながらも、幽鬼《ユウキ》は、それを沈めた。

そして――夜がやってくる。

（14／22）

夜中だった。

真熊《マグマ》は、飛び起きた。

（15／22）

ベッドシーツで作った、即席のテントの中だった。

屈強さにかけては並ぶ者のないプレイヤー、真熊《マグマ》といえども、野営にはそれなりの用意を必要とした。カモフラージュを施してあるとはいえそのテントは目立ったが、しかし、発見することは容易でも近づくことは容易でなかった。周囲には、第三者の被害などお構いなしの強烈な罠《わな》を多数設置、万が一突破されることがあっても、その報は木の蔓《つる》を通じて、真熊《マグマ》の手首を引っ張るという形で伝えられる仕組みだった。

その万が一が、今、起きたところだった。

一秒もないうちに完全覚醒した真熊《マグマ》は、テントを出た。探すまでもなく、テントの出入り口から数メートルの距離に、侵入者は立っていた。

全身に包帯を巻いた、ミイラのような人物だった。

その包帯が、永世《エッセイ》のガウンを細くカットしたものであることを、真熊《マグマ》はすぐに見抜いた。つい昨日、同じことをしたばかりであるからだ。夜分なれど、その姿をはっきり見ることができたのは、ミイラが左手に灯《あか》りを持っていたからだ。懐中電灯やランタンのような照明具ではなく、スマートフォン大の端末から発せられている、ついでの光だった。なんの機能を持った端末なのか、真熊《マグマ》は予想がついていた。

テントにまっすぐ歩いてくるミイラに対し、

「――もう外してるよ」

と、真熊《マグマ》は言った。

「あたしにそれを使うのは、もったいないんじゃないか？」

ミイラは、答えない。

証拠を見せてやることにした。真熊《マグマ》は、テントに置いていたそれらを、――もちろん素手では触らないよう気をつけながら――地面に放った。

錠剤ほどの大きさをした、十二個の装置だった。

「あたしの読みじゃあ……その装置、一日一回しか使えないんだろう？　誰かの装置に一度電流を流したら、二十四時間のクールダウンを設けないといけない。速攻で三人殺すんじゃなく、ちまちま一人ずつやる必要があったのは、そのためだ」

ミイラは答えない。真熊《マグマ》は続ける。

「どうやら、機能はそれだけじゃないようだね。ここを発見できたことからして……発信機の機能もあるのかね？　あたしがこいつを外していたのに気づかなかったということは、脈拍や体温までは計られちゃいなかったようだ。あてが外れたね」

「ど・う・し・て・気・づ・い・た？」

ミイラは言った。

その声に、真熊《マグマ》は驚いた。予想だにしない人物のものだったからだ。

「へえ……あんただったのか？　意外だな」

「どうして気づいた？」

「〈どうして〉って、聞きたいのはこっちのほうなんだがね……」

と言いつつも、真熊《マグマ》は質問に答える。

「これでも、自分の体を大切にしてるんでね。こんなものが埋められてたら、すぐ気づくさ。必要なものかもしれなかったんで一日目には放っといたが、二日目になってすぐ摘出したよ。おあいにくさま。あたしを初日にやっとくんだったね」

「誰かに教えたか?」

「教えてるわけあるか。あたしを誰だと思ってんだ? ま、朝の集会のときには、まだ誰も気づいてなさそうだったけどね。あいつらの中から好きなのを狙いなよ」

ミイラは返事をしなかった。

端末の灯《あか》りを消し、闇の中に消えた。姿だけでなく、気配がなくなったことを認め、真《マ》熊《グマ》はテントに戻った。木の蔓《つる》を手首に巻き直して、数分前までと同じ姿勢に戻って、目を閉じた。

彼女こそが、〈犯人役〉。

であるならば、必然、ひとつの事実が導かれる。そんなことが現代科学において可能なのかと思われたが、そうだと考えるしかない。彼女は、そういう人間なのだ。

ふん、と真熊《マグマ》は鼻を鳴らした。

「気に入らないね、ああいうやり方は」

(16/22)

四日目の朝を、幽鬼《ユウキ》は迎えた。

昨晩に続き、眠らずの一夜を過ごした。装置を摘出したのだから、〈犯人役〉のターゲットに選ばれる可能性は低いはずだが、それでも一応起きていた。昼間に仮眠を取ったので、眠ろうにも眠れないという理由もあった。昨晩に続き〈犯人役〉の襲撃はなく、幽鬼《ユウキ》は日照と同時に、古詠《コヨミ》のコテージへ向かった。

すると、一番乗りではなかった。

「よう」

真熊《マグマ》だった。昨日の幽鬼《ユウキ》と同じく、扉の脇で待機していた彼女が、声をかけてきた。

「……どうも」幽鬼《ユウキ》は答える。

彼女と同じ箇所に布を巻いている幽鬼《ユウキ》を見て、「へえ、気づいたかい」と真熊《マグマ》は言う。

「自分の力で、じゃあないですけどね……」

幽鬼《ユウキ》は、窓際にいた古詠《コヨミ》に目を向けた。半纏《はんてん》を着ているため、装置を摘出したかどうか、傍目《はため》にはわからなかった。仮に気づいていなかったとしても、幽鬼《ユウキ》と真熊《マグマ》のペアルックを見れば、ほどなくして真実に気づくだろう。

幽鬼《ユウキ》たちはテーブルについた。いくらもしないうちに、藍里《アイリ》と海雲《モズク》もやってきた。現在生き残っているプレイヤー数マイナス一名が揃《そろ》ったところで、「さて……」と言って、真熊《マグマ》が立ち上がった。「どこに行くんですか？」と尋ねる者は、いなかった。

（17／22）

日澄《ヒズミ》は、殺されていた。

彼女のコテージで、ばらばらになって死んでいた。ショッキングなことこの上ない光景のはずなのだが、一昨日《おととい》と昨日に勝りも劣りもしないばらばら具合だったので、それは大した驚きを幽鬼《ユウキ》の脳に与えなかった。

「三人目だね」

古詠《コヨミ》が言った。

「これで……ゲームは終わりなんですか？　なにも起こらないですけど……」

と続いたのは海雲《モズク》だった。

「〈犯人役〉の殺害数がどうであれ、一週間は待たないといけないのかもしれません」

藍里《アイリ》が冷静に言った。

「あるいは、まだ終わっていないのかも。四人以上を殺さないといけないのかも……」

「終わったんなら、〈犯人役〉が名乗り出てきてもいいはずだしな」

真熊《マグマ》が言う。

「それがない以上、警戒を続けるのが得策だろうさ」

「………」

幽鬼《ユウキ》は、なにも言わなかった。

摩訶不思議な雰囲気をまとったプレイヤー、日澄。その雰囲気と、遺体が解体されていたことから、伽羅《キャラ》の再来なのではないかとひそかに疑っていたのだが、あっさり死んだ。装置の存在を隠すためという理由があのばらばらにはあったわけだし、取り越し苦労だったと見て、間違いないだろう。

が、幽鬼《ユウキ》の胸騒ぎは収まらなかった。結局、犯人は誰だったんだ？　なぜゲームは終わらない？　装置のこと以外にも、このゲームにはまだ、裏があるのか？

（18／22）

今日も今日とて、犯行現場で集会をすることにした。

二回目ゆえ慣れた手際で、日澄《ヒズミ》の遺体を整え、部屋を片付けてから、昨日の出来事を報告しあった。古詠《コヨミ》と海雲《モズク》はコテージにて、真熊《マグマ》は林の中に作った拠点にて、それぞれ待機していたと報告。藍里《アイリ》は、自分のコテージで装置を摘出したあと、拠点に戻ったと報告。幽鬼《ユウキ》もまた、昨日あったことをそのまま報告した。幽鬼《ユウキ》にしろ藍里《アイリ》にしろ、装置のことを秘密にはしなかった。五人中三人が同じ箇所に布を巻いている現状、黙っていてもすぐばれることだったからだ。

定例の報告が終わると、藍里《アイリ》から申し出があった。〈犯人役〉を特定するため、装置の有無を調べさせてほしいと言ったのだ。その結果、古詠《コヨミ》と海雲《モズク》については、体内に装置が埋まっていることを確認。すでに装置を摘出したプレイヤー――幽鬼《ユウキ》と藍里《アイリ》と真熊《マグマ》も、一旦おのおのの拠点に戻り、それを持ってきて提出した。

「……どういうことだい、これは?」古詠《コヨミ》が言う。「生き残った全員の体に、装置が埋まってる。これじゃあ、この中に犯人はいないってことになるじゃないか」

「厳密にいえば、私と幽鬼《ユウキ》さんと真熊《マグマ》さん――すでに摘出した組の容疑は晴れません」藍《アイ》里《リ》が言う。「蜜羽《ミツバ》さんや日澄《ヒズミ》さんの遺体からは、装置を抜き取られていました。そのいずれかをここに提出して、装置もないのに自分の体に傷をつけておく。そうすれば、偽証は可能です」

確かにできなくはないが、そんなもの、傷口を調べればすぐにわかることだ。本当に装置が埋まっていたのなら、それと同じ形のへこみが体内にできているはずだ。ただ傷をつけただけでは、ごまかせない。

「結局、プレイヤーじゃなかったんですかね、犯人は」幽鬼《ユウキ》が言う。「そうじゃないと、永世《エッセイ》さんの遺体が消えてたことにも、説明つかないですし……」

「……だとすれば、どこに潜んでたのかねえ」

数々の謎を残したまま、集会は終わった。

解散とあいなった。真熊《マグマ》が消え、いつもの四人が残った。「古詠《コヨミ》さん」と、幽鬼《ユウキ》は彼女に声をかけた。

「二人だけで話がしたいんですが、いいですか」

「……二人でかい？」

古詠《コヨミ》は、一部を繰り返した。

明らかに幽鬼《ユウキ》を警戒している面《つら》だった。当然だ。三人が殺されたからといって、ゲームが終わったという保証はどこにもない。ほかのプレイヤーと二人きりになることは、なるべく避けたい。

「……別にここでもいいです」幽鬼《ユウキ》は妥協した。

「二人になってまで、話したいことがあったのかい？」

「はい。――私の、師匠のことで」

白士《ハクシ》。〈キャンドルウッズ〉で命を落とした、幽鬼《ユウキ》の師匠。

「古詠《コヨミ》さん、師匠とお知り合いだったんですよね。私のことを聞いてたとか……」

「ああ。よく知ってるよ。お前のことも、あいつのことも」

「……なんて言ってました？　私のこと」

藍里《アイリ》と海雲《モズク》の視線を気にしながら、幽鬼《ユウキ》は言う。

ずっと気になっていたことだった。ゲームとは関係のないことゆえ、話題にするのは控えていたのだが、一段落ついた今なら聞いてもよかろうと判断したのだった。

「いろいろ言ってやがったけどね。そうだな、二言三言でまとめるなら……」

古詠《コヨミ》は数秒言葉を選んで、

「馬鹿弟子」

そう言った。

「怠け者。大うつけ。生まれつきのセンスだけでやってる、一瞬だけ活躍してすぐ消えるタイプの選手。おおむねそんな評価だったね」

「……そうですか」

幽鬼《ユウキ》は、ちょっと落ち込んだ。

いや、まあ、当たり前の評価なのだが。現在ならともかく、〈キャンドルウッズ〉当時の幽鬼《ユウキ》は、そんな言葉でまとめられる程度の存在だ。

ひひひ、と古詠《コヨミ》は笑った。

「そういうの、やっぱり気になるもんかい？」

「そりゃあ、まあ……」

「永世《エッセイ》にも、出会ってすぐ同じことを聞かれたよ。考えることは一緒だねえ」

大きなハテナマークが幽鬼《ユウキ》の頭に浮かんだ。

「永世《エッセイ》さんが？　どうして？」と声に出して聞く。

「どうしてって、同門だからじゃないか」

「同門？」

「お？　もしかして、知らなかったのかい？」

古詠《ココミ》は意外そうにして、言った。

「あいつ、お前の相弟子だよ。お前と同じく、白士《ハクシ》の下で学んでたのさ」

「……そうなの？」

うっかり敬語が取れてしまうほど、幽鬼《ユウキ》は驚く。

「そうだよ。初耳かい？」

「初耳です」幽鬼《ユウキ》は首を縦に振って、「全然知りませんでした。私のほかにも、弟子がいたなんて……」

「そりゃあ、お前だけってことはなかろうよ。九十五回クリアの大ベテランなんだ。複数の弟子をとっていて当然さ」

確かにそうだ。相弟子の存在など白士《ハクシ》からは聞かされておらず、考えもしなかった。

「まあ、あいつは弟子をとらないほうではあったけどね……。一番多いときでも、確か五人いなかったんじゃないかね？　今生き残ってるのが、果たして何人いるもんか……」

「……なんていうか、皮肉ですね」幽鬼《ユウキ》は言う。「師匠と同じ死に方をするなんて……。しかも、よりにもよってあんな悲惨な死に方で」

今度は、古詠《ココミ》の頭上にハテナマークが点《とも》った。

「え？　ほら、永世《エッセイ》さん、ばらばらにされて死んでたじゃないですか。師匠もああいうふうに死んでしまったわけですから、同じだね、っていう話なんですけど……」

「……？」古詠《コヨミ》はますます不思議そうな顔になった。

「あいつが死んだ？　なんの話だい？」

「え？」

「生きてるよ、あいつは。先週も一緒に飲んだばっかりだ」

（19／22）

「なんのことだい？」

「……は？」

意味がわからなかった。

「行きつけのバーでね、一時間か二時間か話したよ。お前や永世《エッセイ》の話もした。三十を超えてぶいぶい言わしてるらしいって」

「いや、あの……え？」

幽鬼《ユウキ》は頭を抱えた。数秒ののちに顔を上げて、

「あの、確認しますよ。ここで言う〈師匠〉っていうのは、白士《ハクシ》さんのことで間違いない

ですよね？」

「そうさ。プレイヤーネーム白士《ハクシ》。本名は、確か白津川《しらつがわ》だったかな」

「それが……生きてる？」

「だからそう言ってるじゃないか。なんなら、ゲームが終わったら会いに行くかい？　連絡先教えてくれれば、紹介するよ」

「いや、だって……ばらばらにされてたんですよ？　伽羅《キャラ》っていう殺人鬼に。ちょうど、永世《エッセイ》さんや蜜羽《ミツバ》とかと同じような状態で……肝臓だって、もう体の外に飛び出してましたよ。どこでアルコールを消化するっていうんです⁉」

「……そうなのかい？〈キャンドルウッズ〉で引退したってのは聞いてたけれど、そんなにもダメージがあったなんて知らなかったねえ」

古詠《コヨミ》は言った。その顔が、彫りを深くした。

「待てよ？　と、すると……」

たぶん、幽鬼《ユウキ》も似たような顔をしていた。判明した事実を、ひとつずつ整理する。

ばらばらにされながら、生きていた我が師匠。

同じ方法で殺されていた、その弟子。

そして、ゲームの現況。犯人と思われる人物が存在しない、不可能状況。

幽鬼《ユウキ》と古詠《コヨミ》の声が、揃《そろ》った。

「まさか――」

（20／22）

包帯まみれのプレイヤーが、起き上がった。

崖の下だった。

（21／22）

この島の外周に位置する、波に削られて切り立った崖。

そこに、人一人がかろうじて寝転がれるぐらいのスペースがあった。岩肌ゆえ、寝心地は最悪の極みであり、そのポイントまで降りていくまでの物理的な危険もあるため、普通のプレイヤーならまず、拠点にしようとは思わない場所だ。

逆にいえば、普通でないプレイヤーなら、拠点とするには絶好の場所だった。

包帯まみれのプレイヤーが、起き上がった。

そばに置いてあったマチェットと、端末を回収した。いずれも、四日前に運営から渡された、ゲームを有利に進めるためのアイテムだった。

端末の黒い画面に、そのプレイヤーの顔が写り込んだ。顔にも包帯が巻かれていたのだが、寝ている間に風がほどいたのか、頭の先のほうが露出していた。

青みがかった、綿菓子のような髪だった。

八人のプレイヤー中、そのような髪を持っている者は一人しかいない。白士《ハクシ》の弟子にして、五十回の記録を保有する達人、永世《エッセイ》である。

彼女こそ、〈犯人役〉だった。

（22／22）

4.クラウディビーチ（44回目）——第四日より第八日

（0／22）


〈学習〉。

永世《エッセイ》というプレイヤーの強みは、それに尽きる。

　他人から、過去から、教訓を得て次につなげる。物事をうまく運ぼうとする取り組みにおいて、自分で試行錯誤するよりも、他人のそれを閲覧することに、永世《エッセイ》の興味は向いていた。興味だけでなく、学習能力という意味でも、すばらしく秀でていた。ただの一度の失敗も許されないこのゲームにおいて、それはまさしく、王道の真ん中を行く素質だった。

　彼女が師事を乞うた九十五回のプレイヤー、白士《ハクシ》は、そんな永世《エッセイ》にとって最高の教材だった。生存戦略の第一として、永世《エッセイ》は彼女のすべてを真似《まね》た。彼女から受けた指導は言わずもがな、普段の立ち振る舞いや、さる筋から入手した過去のゲームの映像——あの〈キャンドルウッズ〉を含むすべてのゲームも、教材とした。そういった学習項目の中には、当然、例の肉体改造のことも含まれていた。殺人鬼に解体を受けながら、生還を果たすことのできた不死身の肉体。それを再現するために、永世《エッセイ》は元あった身体《からだ》のほとんどを捨て去らなくてはならなかったが、その程度なんてことはなかった。他者から抜きん出るためには、他者よりも多い犠牲がつきものだ。

　そのやり方が正しかったということを、永世《エッセイ》は結果で証明する。〈三十の壁〉もなんのその、順当にクリアを積み上げ、〈キャンドルウッズ〉以前でさえめったにいなかった五十回クリアに、永世《エッセイ》は足をかけた。

そして、その五十回目のゲームである。

記念すべき大台となったそのゲームである。初めての経験を永世《エッセイ》はした。開催に先んじて、ルールを伝えられたのだ。絶海の孤島を舞台とした、プレイヤーの中に紛れ込んだ殺人鬼が、夜な夜な一人、また一人と殺していくルールだそうで——永世《エッセイ》こそが、その〈犯人役〉なのだという。

一人だけ別陣営であることの不利を緩和するため、ふたつの装備が永世《エッセイ》には与えられた。ひとつは、マチェットと呼ばれる大きめのナイフ。もうひとつは、小型の端末だった。

〈犯人役〉以外のプレイヤーには、体内に装置が埋め込まれているらしく、この端末を通じて、居場所を絶えず知ることができる仕組みだった。発信機の機能のみならず、端末からの遠隔操作で装置から電気を放出し、一時的にプレイヤーの動きを止めるなんていう芸当までも可能らしい。一度使用すれば二十四時間のクールダウンを要するので、これを利用して殺せるのは、一日に一人が限界のようだ。連続殺人らしさ、クローズドサークルらしさを演出するためのルールだろう、と永世《エッセイ》は理解する。

さらに詳しいルールとしては、ゲームの期間は一週間。〈犯人役〉である永世《エッセイ》はその間に、三人以上のプレイヤーを殺害すればゲームクリア。殺害の方法は問われず、端末を使うかどうかも自由だったが、〈行方不明〉ではなく〈殺害〉――すなわち、ほかのプレイヤーから遺体が見える状態にしておかなければならない。一週間が経過すれば、運営の用意した救難艇がやってくるので、それに乗って島を脱出することが〈犯人役〉以外のクリア条件。その時点で三人以上の殺害を達成できていなければ、船に多数乗り込んでいるエージェントらの手によって、永世《エッセイ》は始末される。

ルールを聞いて、永世《エッセイ》は考える。ゲームの期間は一週間。しかし、殺すべきなのは三人だけ。装置のアドバンテージを活《い》かして殺せるのは一日に一人。〈犯人役〉であると知られてもルール上は問題ないが、ばれることはできるだけ避けたい――。

検討の結果、永世《エッセイ》は初日を捨てることにした。

自分自身を、最初の犠牲者とするのだ。もしかしたら脱出型かもね、と初日は適当にうそぶいておき、その夜、自分で自分を解体した。ただ殺すのではなくばらばらにした理由はふたつ。自分の死を強く印象づけるのと、のちに殺すプレイヤーから違和感なく装置を抜き取るためだ。四肢をもぎ取り、内臓の数々すらもさらした永世《エッセイ》だったが、彼女に施された〈処置〉はそれでも彼女を生存させた。まんまと永世《エッセイ》は、ほかのプレイヤーの認識から逃れ、自由を手にした。

次の夜から、永世《エッセイ》はゲームに取り組んだ。

一人目の標的は蜜羽《ミツバ》にした。既定の人数を殺せばいいだけなら、弱い順に狙っていくのがセオリーなように思えるが、装置のことを考慮に入れると事情が変わる。その存在を勘づかれないうちに――ゲームが早い段階のうちに、強めのところを叩《たた》いておくのが重要だ。なので、一人目は蜜羽《ミツバ》とした。装置を取り外していたのは予想外だったが、襲撃者の正体が永世《エッセイ》であることを知り、ひるんだ隙に反撃。勝利を収めた。

　二人目は、最初は真熊《マグマ》にしようと考えた。フィジカルでは他の追随を許さないプレイヤーだが、それを封じる手段を永世《エッセイ》は持っている。過去のゲームで何度か出会っていて、そのスペックを把握できているという事実も後押しした。しかし、彼女もすでに装置を摘出していたので、断念し、代わりに日澄《ヒズミ》を標的とした。伽羅《キャラ》の弟子らしいということは知っていた。〈キャンドルウッズ〉の再来を避けるため、機会があれば始末しておきたいとかねてより思っていた。装置の存在には気づいていたようだが、足の裏についているものを外し忘れていたので、苦労なく伽羅《キャラ》師匠と同じところに送ってやることができた。

　かくして二名を殺害することに成功したのだが、問題は三人目だった。発信機の動きの不自然さから、ほかのプレイヤーが装置の存在に気づいているということが、永世《エッセイ》にはわかった。真熊《マグマ》がすでに摘出していることは確認済み。幽鬼《ユウキ》と、藍里《アイリ》も、おそらくは外している。古詠《コヨミ》と海雲《モズク》も、まもなく取り外すことになるだろう。装置を失っては、永世《エッセイ》のアドバンテージはマチェットひとつだけだ。自分の体をばらしてしまったため、永世《エッセイ》自身が万全でないというのもある。残るプレイヤーたちに正面から戦いを挑むのは、得策とはいえなかった。

もっとも——すでに手は打っている永世《エッセイ》だった。

装置の存在に誰かが気づき、優位を失う。永世《エッセイ》が予想していたシナリオのひとつだ。予想しているのだから、当然、その場合の対応もすでに考えている。与えられたアドバンテージにおんぶに抱っことなって、漫然とゲームを進めるようなプレイヤーではないのだった。

永世《エッセイ》は、林に分け入った。

そして、目的の場所に向かった。カモフラージュ用に敷いている植物をどけて、ゲームの二日目から少しずつ制作を進めているそれが、消えることなく存在しているのを確認した。

海に出るための、いかだだった。

（1／22）

四人は、コテージで話し合う。

（2／22）

朝の集会が終わったあと、古詠《コヨミ》のコテージに残った四人――幽鬼《ユウキ》、藍里《アイリ》、古詠《コヨミ》、海雲《モズク》は、ささいな雑用をこなした。古詠《コヨミ》と海雲《モズク》は、自分の体に埋められていた十二個の装置を摘出。幽鬼《ユウキ》と藍里《アイリ》は、装置を摘出した跡をほかのプレイヤーに調べさせ、ただ傷をつけただけのダミーでないことを証明した。この中に〈犯人役〉がいないということが、ますます確実になった。

全員の無実が確かめられたところで、四人は考える。

つい先ほど浮上した、まったくばかげた仮説のことを。

「……本気ですか？」

発言したのは、藍里《アイリ》だった。

「永世《エッセイ》さんが、〈犯人役〉だなんて」

幽鬼《ユウキ》と古詠《コヨミ》は、それぞれうなずく。

永世《エッセイ》。この島における、最初の犠牲者。全身をばらばらにされた状態で発見され、プレイヤーたちをたいそう驚かせた。

それが、本当は死んでおらず、島中を自由に動き回り殺戮《さつりく》行為に及んでいた。その仮説を、幽鬼《ユウキ》と古詠《コヨミ》は公開した。そうした結果――藍里《アイリ》と海雲《モズク》に、心配そうな目を向けられることとなった。

「大真面目だ」と幽鬼《ユウキ》は言う。

「少なくとも、私と古詠《コヨミ》さんはそう考えてる」

「あの、でも、永世《エッセイ》さんは……」

言ったのは海雲《モズク》だった。

死んだと思われていた第一の被害者が、本当は生きていた――なんてのはミステリの定番だが、これはあまりにもあんまりだった。なにしろ永世《エッセイ》は、筋肉から骨から、内臓すらもさらした状態で死んでいたのだ。検死の必要など感じないぐらい明らかに死んでいたのだ。あれが生きているなんてことは、尋常の世界では考えられない。

しかし、そう考えられる根拠はあった。

「同じ状況で、生き残ったプレイヤーがいるんだ」と幽鬼《ユウキ》。

「私の師匠。死んだとばかり思ってたけど……」

幽鬼《ユウキ》の師匠、白士《ハクシ》。〈キャンドルウッズ〉で鮮烈に命を散らせた伝説のプレイヤー――だと幽鬼《ユウキ》は思っていたのだが、どうやらまだ伝説にはなってなかったらしい。ゲームを引退こそしたものの、お酒を飲めるぐらいにはぴんぴんしているようだ。

「古詠《コヨミ》さん」と幽鬼《ユウキ》は聞く。

「師匠は……自分の体に、手を入れてたんですね？」

「ああ。八十回ぐらいからだったかな。身体《からだ》へのダメージが積もり積もって、そうせざるを得なくなった。生身じゃあない部分が、かなりあったよ」

古詠《コヨミ》は続ける。

「その過程で、〈致命的〉って言葉の意味がやつにとっては変わった。普通の人間が死ぬようなダメージじゃあ、こたえなくなったのさ。あそこまでひどくやられても、死ななかったとは驚きだがね……」

思い出すのは、〈キャンドルウッズ〉での戦慄の光景。伽羅《キャラ》に解体された、白士《ハクシ》の遺体。なにをどういうふうに自分の体をいじくれば、あの状況から生還できるのかと幽鬼《ユウキ》は思うのだが、それが事実と考えるしかないようだ。

「永世《エッセイ》が、師匠の弟子だというのも事実なんですよね」

「白士《ハクシ》のやつから聞いてたし、永世《エッセイ》自身もそう言ってた。ゲームの初日、お前たちがコテージに入ってくる前にね」

古詠《コヨミ》は、そのとき居合わせていた海雲《モズク》を見た。「……はい、確かに」と彼女は言う。

「あいつが生きてるんだ。その弟子である永世《エッセイ》が、生きている可能性はあるさ」

幽鬼《ユウキ》は、自分の左手を見た。中指から小指まで、模造のものである。幽鬼《ユウキ》が換装しているのはこの指三本だけであり、不死性を獲得する肉体改造のことなど、知りもしなかった。だが、ほかの弟子もそうだとは限らない。白士《ハクシ》師匠から永世《エッセイ》に、その秘奥が伝えられていた可能性はある。

「そう考えれば、すべてのことにつじつまが合う」と古詠《コヨミ》は言う。

「第一の犠牲者が、プレイ回数最多、ターゲットとするにふさわしからざる永世《エッセイ》だったのはなぜか？　あいつが犯人だったからさ。自分の死を偽装して、容疑を逃れようと考えたんだろうね。永世《エッセイ》の遺体が忽然《こつぜん》と消えてしまったのはなぜか？　あいつが生きてたからさ。私たちがちんたら話し込んでる間に、荷物をまとめて出て行ったんだ。ゲームがいまだに終わらないのはなぜか？　──永世《エッセイ》が生きていたからさ」

古詠《コヨミ》は、一段と声を張った。

「犠牲者は、まだ二人しかいない。ゲームが終わるには、あと一人死ななきゃならない」

冷蔵庫のぶううんと鳴る音が聞こえるほど、コテージは静まった。

「固まっておいたほうが、いいでしょうね」

やがて、藍里《アイリ》が言う。

「永世《エッセイ》さんが犯人にしろ、そうでないにしろ。この中に〈犯人役〉がいないのはほぼ確定です。四人で固まって、身を守りましょう」

幽鬼《ユウキ》と古詠《コヨミ》は、首を縦に振り、そのプランに同意を示した。

「でも……」

だが、最後の一人、海雲《モズク》がなにかを言いかける。

「なんだい」古詠《コヨミ》が先をうながす。

「あ、いえ、なにも……」

ごにょごにょとごまかして、海雲《モズク》は引き下がった。

なにを言おうとしていたのか、幽鬼《ユウキ》にはわかった。あと一人が死ねば、おそらくゲームは終わる。それはつまり、この中の一人をふんじばって〈犯人役〉に差し出せば、残った三人のクリアが確定するということでもある。〈犯人役〉でないからといって、味方とは限らないのだ。

しかし、それは言いっこなしだろう。そのリスクを勘案しても、集団でいることのメリットは大きい。四人を相手にするのは難しいと考えた永世《エッセイ》が、単独行動を貫いている真熊《マグマ》のほうを狙ってくれるかもしれない。そもそも永世《エッセイ》犯人説が真実かどうかもわからない。〈犯人役〉は真熊《マグマ》、あるいはプレイヤーのほかにいたのかもしれず、二人の死亡をもって、すでにゲームは終了しているのかもしれない。

そうであってほしい、と幽鬼《ユウキ》も思うのだが――。

（3／22）

コテージに籠城することに決めた。

居場所をあからさまにするのは危険であるが、しかし、四人でともに過ごすにはそうせざるをえない。林の中に四人でキャンプをすれば目立つし、どうせ一箇所に長くとどまるのだから、発見されるリスクはどこにいても同じだ。

籠城場所は、全員が入ったことのある古詠《コヨミ》のコテージにした。ほかの三人は先立って、自分のコテージから、飲食物、着替えや生活用品等の荷物を持ってきた。干物女の幽鬼《ユウキ》は手荷物程度の量で済ませたのだが、藍里《アイリ》も海雲《モズク》も、それぞれその倍以上の量を持ってきた。特に海雲《モズク》など、タンスの引き出しを一段抜き出し、その中に物をぱんぱんに詰め込んでいた。一体なにが入っているのか、幽鬼《ユウキ》はすごく気になったのだが、ベッドシーツをかけられていたので中身は見えず、それを剥《は》いでのぞくのも、さすがに良心がとがめた。代わる代わる、一人が見張りに立ち、コテージで一週間をやり過ごす作戦だった。不死身の肉体を持つ永世《エッセイ》が、ゾンビ映画よろしく窓を叩《たた》いてくることはなかったし、一人が寝ている隙にもう三人がそれを置いてけぼりにするというような、ひどい裏切りもありはしなかった。

こうして、四日目も無事に終わった。

(4/22)

コテージの扉を開けて、幽鬼《ユウキ》は夜空の下に出た。

出るとともに、身を小さくした。夜の寒さのためだ。古詠《コヨミ》の衣装である半纏《はんてん》を借り受けてはいたが、それでもなお寒かった。早く交代の時間にならねえかな、と、見張り番の開始一秒で思ってしまった。

空を見た。綺麗《きれい》な星空だった。人工の光に乏しい環境ゆえ、本来あるべき星の輝きが、ほとんど阻まれることなく地上にまで届いていた。生まれてこのかた都会暮らし、天体の本で心をわくわくさせるような子供時代も過ごさなかった幽鬼《ユウキ》なので、星のことはまったくわからない。綺麗だなあ、という、レベルの低い感想を抱くだけだ。が、そうした子供だったらしい藍里《アイリ》から、事前に幽鬼《ユウキ》はレクチャーを受けていた。北斗七星と、その指し示す先にある北極星とを確認できた。

ただ綺麗なだけでなく、星空が見えることには実際的な恩恵もあった。その回転から、時間を計ることができるのだ。時計に類するものがコテージにはないので、夜の間は、見張りの交代時間をそれで管理している。ロマンチックなのか原始的なのか、いまいちわからない方法だ。寒空の下の幽鬼《ユウキ》としては、なにかの間違いで高速回転を始めてくれないかと、ただ祈るばかりである。

ばかなことを考えるのはやめて、仕事に取り掛かった。

コテージの周囲に、目を光らせた。永世《エッセイ》の姿も、それ以外の曲者《くせもの》の姿もない。ただ見るだけでなく、辺りをぐるぐると徘徊《はいかい》しつつ、幽鬼《ユウキ》は見張りの業務にあたった。コテージを十周もすると、ほとんどなにも考えずに歩くことができるようになったので、その空いた分を活用して、幽鬼《ユウキ》は考え事を始めた。

これにて、四日目も終了。

ゲームの期間は一週間だから、あと三日。開始時刻は朝だったわけだから、正確には三日とあと少し。おおむね、ゲームの半分ぐらいが終了した計算になる。

結局、今日はなにも起こらなかった。永世《エッセイ》はどうしているのだろう、と幽鬼《ユウキ》は考える。四人が固まっていることを悟り、襲撃計画を練っているのか。あるいは、こちらを狙うのは無理と考え、真熊《マグマ》を標的に定め、今ごろはなにかしらの決着がついているのか。

どうか後者であってほしいな、と思う。

「…………」

幽鬼《ユウキ》は、見張りを続ける。

気温のことを除けば、穏やかな時間が続いた。ここ数日に起こったさまざまなことが、それこそ星の瞬くように浮かんでは、また消える。

考えてみれば、このゲームで幽鬼《ユウキ》はいいとこなしだった。二日目には蜜羽《ミツバ》にまんまとやられ、三日目には真熊《マグマ》のトラップにまんまとかかった。装置の存在にも自力では気づけず、ほとんど藍里《アイリ》から教えてもらう形になった。永世《エッセイ》が生きていたという真相にも、誰よりも気づきやすい立場にいたのにもかかわらず、四日目になるまで思いつきさえしなかった。

上級者ばかりのこのゲームで、幽鬼《ユウキ》はひたすら空回りしていた。

そして、永世《エッセイ》。幽鬼《ユウキ》の相弟子にして、五十回目の格上。

認めないわけにはいかない。

心に浮かぶその思いを、否定しきれない。

できれば、彼女とは戦いたくない、と思っている。

願わくは、真熊《マグマ》のほうを狙ってほしい。いや、そもそも永世《エッセイ》犯人説自体、間違っていてほしい。ほかの何者かが〈犯人役〉で、三人が死んでいるためすでにクリアであってほしい。そう思っている。

「……情けねえ」

幽鬼《ユウキ》は、つぶやく。

都合のいい未来を期待して、祈る。プレイヤーとしてあるまじき態度だった。順調すぎて怖い、なんて数日前まで抜かしてたのはどこのどいつだ？　相手がちょっと強くなったらこのざまか。笑わせる。師匠のご指導をまるで守れちゃいない。少しは相弟子のことを見習ったらどうなんだ？

自分で自分の体をかっさばいてみせた、あいつのことを──。

「……？」

幽鬼《ユウキ》は、眉をひそめた。

（5／22）

それから。

幽鬼《ユウキ》の心配をよそに、何事もなく時は流れた。

五日目。集団生活がいささか息苦しくなってきたこと以外には、問題なし。

六日目。朝の集会に、真熊《マグマ》が現れなかった。永世《エッセイ》に殺されたということなのか――それとも、もはや出向く必要はないと判断したのか。本当は真熊《マグマ》こそが真犯人であり、幽鬼《ユウキ》たちを誘い出すためわざとそうしたという可能性も考えられたので、四人は籠城作戦を続けた。

七日目。もしかしてルールを間違えているのか、という疑惑が生まれた。初日、話に出たように、いかだを組んで島から脱出しなければならないルールなのではないか。こうして四人固まっている状況は、永世《エッセイ》にとってはむしろ望むところなのではないか。喧々囂々《けんけんごうごう》と幽鬼《ユウキ》たちは議論したが、最終的には、現状維持に甘んじることとなった。もう七日目なのだから、明日どうなるのか見てからでも遅くはあるまいという論理だった。その議論のことを除けば、問題は起こらなかった。

ついに、一週間が経過した。

八日目の朝、揺さぶられて、幽鬼《ユウキ》は目を覚ました。

（6／22）

飛び起きた。

両腕を使い、勢いよく布団を撥《は》ね上げた。幽鬼《ユウキ》の体を揺さぶった犯人の視界を、これにて覆う。さらに、両足の力だけを使って、四人兼用のベッドの上に立ち、すばやくファイティングポーズをとった。

しかし、取り越し苦労だった。

そこにいたのは、永世《エッセイ》ではなかった。

「な、なにするんですかっ」

幽鬼《ユウキ》の目の前で、布団がもぞもぞと動く。

やがて、彼女はそれを剥《は》ぎ取って、顔を見せた。

海雲《モズク》だった。

「……おはよう」

幽鬼《ユウキ》は言った。言うのと同時、胸を撫《な》で下ろした。

油断していた。体に触れられるまで目を覚まさないなんて。ここ数日、他人から起こされることは幾度となくあったが、こんな事態は初めてだった。あまりにもなにも起こらなすぎて、気が抜けている。

幽鬼《ユウキ》は部屋を見渡した。海雲《モズク》と幽鬼《ユウキ》のほかには、誰もいない。見張りを一名、外に常置しておくシステムなので、一人いないというのはおかしなことではないが、もう一人はどこだろう。トイレにでもこもっているのだろうか。

「あの、なんか、ごめん」

幽鬼《ユウキ》は海雲《モズク》に謝った。

「交代の時間だった？　起こさせて悪いね」

「あ、いえ、そうではなく……」

用件を思い出そうとしているのだろう、海雲《モズク》は複雑な顔をした。その二秒後、空気の入れ替えでもするかのごとく、彼女の目鼻口が一斉に開かれた。

「そうだ！　あれです、ついに来たんです！　迎えが！」

幽鬼《ユウキ》は一発で目が覚めた。


（7／22）

海雲《モズク》に連れられ、幽鬼《ユウキ》は急いで外に出た。コテージの外壁をよじ登る彼女について行き、屋根の上に躍り出た。

そこにはすでに、藍里《アイリ》と古詠《コヨミ》の二人がいた。

「お、目が覚めたかい」

言ったのは古詠《コヨミ》。幽鬼《ユウキ》は、挨拶もなく、彼女に詰め寄った。

「迎えが来たって、本当ですか？」

「ああ。あっちだ」

古詠《コヨミ》の指差した方角に首を向ける。

コテージに登り、見晴らしがよくなった視界。ビーチを囲っている林の、その先にある大海原さえ、よく見えた。あいもかわらず陸地はまったく見えなかったのだが、一週間前には存在しなかったものが、水平線上にひとつ、確認できた。

船だった。

ケシ粒ほどの大きさにしか見えないが、確かに、船だった。

「藍里《アイリ》のお手柄だよ」

今度は藍里《アイリ》を指差して、古詠《コヨミ》は言う。

「今朝は藍里《アイリ》が当番だったんだが、ずっと屋根の上で張ってたらしい。船が来るとしたら、向こう側からだろうと思ったんだとさ」

「こっちは浅瀬ですからね」藍里《アイリ》が言う。「水深が浅すぎて、船じゃあ近づけません。ビーチの反対側からやってくると考えるのが道理です」

幽鬼《ユウキ》は、船を凝視する。たぶん、島を一直線に目指していた。このタイミングで偶然、無関係な船が通りかかったということもあるまい。運営が送ってきたものと考えていいはずだ。

「結局、なにもなかったねえ」と古詠《コヨミ》が言う。

「永世《エッセイ》が生きてるなんて、ただの妄想だったのかね？」

「どうでしょう……」幽鬼《ユウキ》は言う。

確かに迎えは来た。されど、ゲームはまだ終わりではない。クリアを目前にしてプレイヤーが油断したところで、ばっさりやる作戦を永世《エッセイ》は立てているのかもしれない。まだまだ油断は禁物だ。

「私たち、ここにいていいんでしょうか」

聞きようによっては意味深にもとれる台詞《せりふ》を、海雲《モズク》は言った。

「こっち側には、船は来られないんですよね？　ってことは、向こう側に回らないと、救助してもらえないってことですよね？」

「いや……ボートかなにか、出してくれるんじゃないですか？」

藍里《アイリ》が反論を言う。

「向こう側も、断崖絶壁ですしね。上陸するのは難しいでしょう。ボートを出して、こっちまで回ってきてくれそうな気配です」
「永世《エッセイ》のこともあるしねえ」古詠《コヨミ》が続く。「コテージを離れるのは怖いね。しばらくは様子を見るのが賢明だろうさ」
幽鬼《ユウキ》も賛成だった。もしも幽鬼《ユウキ》が永世《エッセイ》の立場だったら、プレイヤーたちがコテージを離れ、船を出迎えに行こうとした——そのタイミングで襲撃をかける。待ちの作戦を選んだ以上、ここを離れることは、ぎりぎりまで渋りたい。
断じて、永世《エッセイ》にびびっているからそう思っているのではない——はずだ。

（8／22）

船の中だった。
永世《エッセイ》のエージェントが、船に揺られていた。

（9／22）

運営の差し向けた、救難艇の中だった。生き残りのプレイヤーを迎えるため、〈クラウディビーチ〉の舞台である孤島に急行中だった。

こうした救助目的の船は、速度に重きを置いた小型のものであることが多いのだが、現在、永世《エッセイ》のエージェントが乗っているこの救難艇は、それよりもだいぶ大型のものだった。単にプレイヤーを救助する以外にも、いろいろな機能を必要としたからだ。例えば、重傷を負ったプレイヤーの命を繋《つな》ぐための、医療設備。浅瀬まで迎えに行くためのゴムボート。彼女の担当である永世《エッセイ》がしくじっていた場合、その始末をつけるための武装兵。

ゲーム終了後、プレイヤーを迎えにあがるためのエージェントたちなどである。

船内の廊下だった。永世《エッセイ》のエージェントが、歩いていた。〈まもなく到着する。業務に当たれ〉と客室に連絡が入ったので、その通りにしているところだった。黒いスーツの上からライフジャケットを羽織り、指定の場所へと足早に向かっていた。ほかに乗り合わせている七人のエージェントも、同じようにしていることだろう。

十字路に差し掛かったところで、エージェントは立ち止まった。自分の行こうとした道を、先に通ろうとする集団があったからだ。ヘルメットにゴーグル、黒い上下にグローブにブーツに各種アーマーと、全身くまなく物騒な雰囲気で包まれたそいつらは、永世《エッセイ》を始末するための武装兵たちだった。

それらが通り過ぎてくれるのを待ちながら、

「使わねえよ、そんなの」

と、エージェントは小さく言った。

〈そんなの〉の指し示す対象は、兵隊さんがたが一人の例外もなく抱えている、ごつい銃器だった。素手で触ったら指が吹っ飛ぶのではないかというぐらい、モデルガンだとしてもそこそこ値段がしそうなぐらい、人によっては撃つまでもなく銃口を向けただけでショック死するのではないかというぐらい、まがまがしい見た目をしたサブマシンガンだった。そんなもん無駄だ、とエージェントは思う。それを使うということは、永世《エッセイ》がしくじるということ。そんなことは申し訳ないが起こりえない。あいつに敵《かな》うプレイヤーなど、いるはずがない。誰よりも熱心で、誰よりも才気に溢《あふ》れ、誰よりも油断も隙もない、あいつが破滅することがあったらそんな世界はクソだ。言いたいことは山ほどあったが、しかし、銃を持っている集団に向かって叫ぶのは怖かったので、心の中でだけエージェントは声高になった。外側には、さっきの一言をつぶやいただけだった。兵隊の足音にかき消されて、誰の耳にも届かなかったことだろう。

そう思っていたのだが、

「いや——使わせてもらいますよ」

兵隊の全部がエージェントの視界から消えたところで、応答があった。

背後からだった。「え……」と言いながら、エージェントは振り返った。

永世《エッセイ》の姿があった。

（10／22）


「なっ……!?」

叫ぶ間もなく、口を塞がれた。

「……？？？」

もごもごとしながら、エージェントは相手を観察する。

永世《エッセイ》だった。ぐるぐるに包帯を巻いているのでわかりにくいが、背格好にしろ、頭の先からのぞく頭髪にしろ、さっきの声にしろ、明らかに彼女のものだった。

「静かに。気づかれると面倒です」

包帯の下で永世《エッセイ》――やはり永世《エッセイ》の声だった――は言った。エージェントの口を塞ぐのに使っていないほうの手を、包帯に覆われている口元に持っていき、〈しーっ〉をした。

エージェントはこくこくとうなずく。永世《エッセイ》に手を離してもらって、「え……あの……なんでここに？」と、声のトーンを落として聞いた。

永世《エッセイ》が生きている。それは当たり前のことだ。なんら驚きはない。しかし、それがミイラ男の仮装をして現れたことと、船が島に到着してもいないのにここにいることの両方には、驚きを禁じえなかった。

「用事がありましてね。少し、先乗りさせていただきました」

永世《エッセイ》の体は濡《ぬ》れていなかった。いかだにでも乗ってきたのだろう。梯子《はしご》もなにも下ろしてない移動中の船に乗り込むなんて、自分の担当プレイヤーは化け物だなと、重ね重ねエージェントは思う。

「まあ……なんですか。とにかく、五十回クリア、おめでとうございます」

エージェントは言った。しかし、「……？」と永世《エッセイ》は首をかしげた。

「ああ、いえ、それはまだ先ですよ。現状、仕留められているのは二人だけです。まだクリアではありません」

「は？　え、じゃあどうしてここに……」

「もちろん、あと一人を殺害するためです。言ったではありませんか、〈使わせてもらう〉と」

確かに言っていた。その主語にふさわしいものを、エージェントは思い浮かべる。「まさか――」

「この船に、武器を取りに来たんですか？」

「ええ」永世《エッセイ》は平然と言った。

「まずいですって、そんなの。あいつら、永世《エッセイ》さんを処刑するための部隊なんですよ？　クリア条件未達で船に乗ってると知れたら……」

「問題ありません。ゲームの終了条件は、一週間が経過しプレイヤーが救助されること。

ゲームが終わっていない現状、見つかっても殺されはしないはずです。そうでしょう？」

確かに、理屈はそうだが――。

「運営側の人間に手を出すのはまずいでしょう」

「そうは思いません。ゲームの舞台にあるものは、どう使おうとプレイヤーの自由です。今回の場合、島だけでなくその臨海も舞台と考えるべきでしょうから、その領域に侵入しているこの船の乗組員も、なにをされようと文句は言えないはずです」

エージェントは、言葉が出なかった。

反論が出ないということと、自分の担当が考えていることが信じられないということと、両方の意味での沈黙だった。

「急ぎたいので、失礼します」

永世《エッセイ》は言って、軽く頭を下げた。「ああ、はい……」と、エージェントもうなずき返した。

「……とんでもないこと考えますね」

そう付け加えた。

誰が考えるだろうか。運営側の武器を奪い取って、クリアを目指そうとするなんて。

永世《エッセイ》の口元が動いた。包帯で隠れて見えなかったが、おそらくは笑っていた。

「ルールを守るより、ぎりぎりのラインまで攻めるのが私の流儀でしてね」

（11／22）

船が島に接近すると、林に隠れて見えなくなった。幽鬼《ユウキ》たちは、コテージの屋根から降りて、迎えがやってきてくれるのを待った。

しばらくすると、ビーチの端からゴムボートが現れた。さっきの船から降ろされたものだろう。幽鬼《ユウキ》たちの待機しているコテージへ、まっすぐに接近してくる。

そのゴムボートを幽鬼《ユウキ》はよく観察した。エンジン付きのゴムボートなんてものも最近はあるらしいが、これは人力だった。ボートの上でオールを漕《こ》いでいるのは、全身を黒いアイテムで固めた人物だった。このゲームのエージェントにお決まりのスーツ姿ではなく、特殊部隊が身につけているような、ごわっとした服装だ。顔をヘルメットで隠しているため、その素性はうかがえなかった。

「顔を見せな！」

古詠《コヨミ》の声が、ビーチにとどろいた。

「三歳のガキじゃないんだ。知らないやつのお出迎えなんかにゃついていかないよ！」

ゴムボートの主は、一瞬、オールを操る手を止めた。

だが、それだけだった。何事もなかったかのように、再びボートを漕ぎ出した。

いかにも怪しいその反応を受けて、四人は、それぞれ距離を空けた。これから起こりうることへの、準備だった。一箇所に固まっていたら、相手の使用する武器によっては、まとめて薙《な》ぎ払《はら》われてしまうかもしれない。

「あの人が、もう少し近づいてきて——」藍里《アイリ》が言う。

「それでも顔を見せなかったら、林のほうに逃げましょう」

ほかの三人は、揃《そろ》ってうなずいた。

謎の人物の一挙手一投足を幽鬼《ユウキ》たちは監視した。四人がかりで視線を向けているのにもかかわらず、一瞥《いちべつ》のお返しもない。ヘルメットを脱いで正体を現すこともないまま、黙々とオールを漕《こ》いでいる。

そろそろまずいか、と幽鬼《ユウキ》が思った、まさにその瞬間だった。

動きがあった。

ゴムボートの後ろのほうで布をかけられていたものを、黒ずくめの人物は担いだ。勢いよく前方に持ってこられたために、布が剥《は》がれ、正体があらわになった。

遠くから見ても一瞬で正体がわかるほど、まがまがしい見た目をした銃だった。

銃口は、むろんコテージを向いていた。

ストックを肩に当てて、どう見ても射撃の構えだった。

四人全員、同時に反応した。

（12／22）

幽鬼《ユウキ》は、真横に飛んだ。

コテージの角にいた藍里《アイリ》は、裏に隠れた。古詠《コヨミ》はその場で身を低くした。海雲《モズク》は、開いていた窓からコテージの中に飛び込んだ。

銃声が数回響いた。

それっぽっちか、と着地しつつ幽鬼《ユウキ》は思った。漫画とか映画なんかじゃあ、ああいうフォルムの銃はずががががと連射してくるものであり、当然そうしてくるものと予想——なかば期待していたのだが、現実にはそこまで派手なものでもないらしい。ここが現実世界だったおかげで怪我人《けがにん》はなく、幽鬼《ユウキ》が体勢を立て直し、林を目標に全速力での逃亡を開始したときには、藍里《アイリ》と、古詠《コヨミ》と、海雲《モズク》の三人もすでに同じようにしていた。

「なんてやつだ！」

走りながら、幽鬼《ユウキ》は言った。

「あいつ——船から銃を取ってきたのか!?」

あの人物の正体は考えるまでもなかった。永世《エッセイ》だ。幽鬼《ユウキ》たちを攻撃してくるのは、それ以外にはありえない。

そして、あの装備の出所は、さっきの救難艇以外にはありえない。あんなものが〈犯人役〉に支給されていたのなら、もっと早くに使っているはずだからだ。このタイミングで初使用した理由はただひとつ。それが、さっきまでこの島にはなかったから。運営の救難艇から——おそらくは〈犯人役〉を処刑するための武器を——盗んできたとしか考えられない。

後方で、またもや銃声が聞こえた。

幽鬼《ユウキ》は振り返らないではいられなかった。幸い、幽鬼《ユウキ》自身にもほかの三人にも負傷はなく、砂浜の数箇所で煙がもうもうと上がっているのみだった。永世《エッセイ》の射撃能力が低いのではなく、距離が離れすぎているのだ。幽鬼《ユウキ》たちが警戒していたために、十分な距離にまで近づくことができなかったのだ。

「どっ……どうするんですか⁉」

海雲《モズク》が言った。コテージから持ってきたのだろうか、なにやら手荷物を抱えていた。

「逃げるしかないだろうよ！」古詠《コヨミ》は言う。「四人いたって、あんなのと勝負できるか！たった今をもってチームは解散だ！」

全速力で走る古詠《コヨミ》が、全力で腕を振る。さっき身を低くしたせいで濡《ぬ》れそぼっていた半《はん》纏《てん》の袖が、水滴を放った。

「誰が狙われても、後腐れはなしだ！　いいね！」

（13／22）


永世《エッセイ》はゴムボートを降りた。サブマシンガンを抱えて、砂浜を走る。

ここで仕留められれば話は早かったのだが、まあ無理だろう、と初めから思っていた。あの四人はどれも、ゲームに慣れた強者なのだ。こんな不意打ちで——どうやら不意打ちにもなっていなかったようだし——倒せるなら苦労はない。

船が来ているのは、すでにお相手様もご承知のことだろう。林に逃げたのはそれが理由だ。逃げ切られてしまったら、永世《エッセイ》はゲームオーバー。そうはいくものか。

永世《エッセイ》は林に踏み込んだ。

四人を追う。連中が林に逃げたことは、いいニュースでも悪いニュースでもあった。遮蔽物が大量にあり、銃というものが威力を抑えられる点ではマイナスだが、無音で移動することが困難であるため、逃走経路をたやすく読み取れるという点ではプラスだ。また、永世《エッセイ》は今や、水着姿でもミイラ男の仮装でもなく、フル装備である。裸同然、木の枝ひとつ横切るのにも気をつけないといけない四人より、速度という意味でもアドバンテージがある。

獲物を捉えることは難しくない。

それでは、どの獲物を狙うのか。

検討するまでもないことだった。――海雲《モズク》だ。

十回目のプレイヤー。四人の中で、一番の格下。それはそのまま、一番殺しやすいという意味に置き換えても間違いない。林の中でジグザグに動いて銃弾をかわすテクニックや、殺気を読み取り射撃のタイミングを予知するスキルなど、彼女は心得ていないだろう。むろん、これだけの装備を永世《エッセイ》が携えている現状、誰を狙っても殺し損ねることはなかろうが、それでも一番狙いやすいやつを狙うのが定石だ。装置のことがあったので後回しにしていたが、それもここまで。その命、もらい受ける。

すぐ、永世《エッセイ》は彼女に追いついた。

気配を察知するぐらいのことはできたのだろう、海雲《モズク》は、振り返って永世《エッセイ》を見た。走る速度が一瞬落ちたその隙を狙って、永世《エッセイ》はサブマシンガンの筒先を彼女へと向けた。

連射した。

十分な距離にまで接近できていたので、今回はフルオートで撃った。海雲《モズク》は両足を地面から離し、近くにあった大樹の陰に飛び込むのだが、その脚に弾丸がヒットしたのを永世《エッセイ》は確かに見た。

「……!!」

言葉になっていない声を、海雲《モズク》はあげた。

脚に当てた。もう逃げられない。こうなればあとはたやすい仕事だ。永世《エッセイ》は、海雲《モズク》から目を離すことすらも厭《いと》わず、空になったマガジンを交換しようとする——

が、それは中止せざるをえなくなった。

前方から、殺気を向けられたからだった。

永世《エッセイ》は顔をあげた。海雲《モズク》が、大樹の陰から七割ほど姿を見せ、両手を合わせていた。

神頼みをしているのではなかった。

拳銃らしき形のものを、握っていた。

トリガーにかかっていた指が、動いた。

（14／22）

反射的に身をかわした。

発砲の瞬間、その音がやけに小さいということが、永世《エッセイ》は気にかかった。興味をそそられたのと、身をかわしたことによる勢いとを合わせて、永世《エッセイ》は体を半回転させた。後方の樹木に命中していたそれらの姿を、目撃した。

錠剤ほどの大きさをした、装置だった。

銃声は一回だけだったはずだが、ふたつあった。両方からワイヤーが伸びていて、たどっていくと、海雲《モズク》の握っている拳銃へと行き着いた。

スタンガンだった。

しかも、電極を射出できるタイプのもの。〈犯人役〉である永世《エッセイ》の支給品にも、さっきの救難艇にもそんなものはなかった。例の装置が部品として組み込まれていることから見ても、その武器の出どころはひとつしか考えられなかった。

「――作ったのですか」

驚きを込めた永世《エッセイ》の言葉に、海雲《モズク》は、答えなかった。

よく見ればその銃は、はりぼて風味というか、垢抜《あかぬ》けない風貌をしていた。間違いない。ハンドメイドの一品だ。この島のコテージには電気が通っていて、家電用品もいろいろとあった。知識のある者なら、そういったものを作ることは不可能ではないだろう。

このゲームにおける、海雲《モズク》の行動を永世《エッセイ》は思い出す。直接監視していたわけではなかったが、発信機の動きを追ってはいた。二日目、および三日目、彼女はずっとコテージに引きこもっていた。どうしてなにもしないのかと気になってはいたのだが、合点がいった。あれを製造するためだったのだ。装置が組み込まれていることから見て、完成したのは四日目以降だったのだろうが、おそらくはその前から――ひょっとしたらゲームの開始直後から、武装を整えることを考えていたのだろう。

永世《エッセイ》が驚いている間に、海雲《モズク》は、銃を捨てた。

そして、二丁目を取り出してきた。

その銃口が狙いを定めるよりも先に、永世《エッセイ》は動いた。前に——ではなく、後ろに。さっき海雲《モズク》がしたように、木の陰に隠れた。このタイミングでは当たらないと海雲《モズク》は悟ったのだろう、発砲音が鳴り響くことはなく、さっきの海雲《モズク》のように脚を撃たれるなんてことも、もちろん起こらなかった。

計算外だ、と永世《エッセイ》は思う。よもや彼女が、あんなものを作れるなんて。頭脳にはちょっとした自信のある永世《エッセイ》にも、あんな芸当はできない。人は見かけによらないのだということを思い知る。

あの銃の威力はいかほどか、と考える。手作りの銃——なんていうと既製品より性能の低そうなイメージであるが、ものがスタンガンとなればその評価は逆転する。防犯グッズという性質上、市販のものはあえて威力を抑えられているのだが、そのような心遣いはあの銃にはないだろう。食らったら、即死もありえる。肉体改造には余念のない永世《エッセイ》といえども、体が絶縁体でできているなんてことはない。普通の人間と同じぐらい——いや——それ以上に、電気ショックは致命的なダメージとなりうる。

仕方あるまい、と結論した。

永世《エッセイ》は、さらに後退した。

さらに、さらに下がった。逃げ出したのだ。海雲《モズク》が武器を持っているとわかった——彼女を狙う理由が消滅した以上、ここは撤退するのが賢明だ。

慌てることはない。時間はまだある。ほかのプレイヤーを探す余裕は、まだある。

（15／22）

永世《エッセイ》の殺気が消えた。

気配も消えた。

それを受けて、海雲《モズク》は、へなへなと崩れた。すでに座り込んでいたのだが、そこからさらに崩れて、うつ伏せに寝転がった。

左手に握られた豆鉄砲が、目に入った。

なんとなく、トリガーを引いた。ぽひゅ、という間抜けな音とともに、かつては海雲《モズク》の体に仕込まれていた小粒の装置が、飛び出した。

「……助かったあ……」

生存の喜びを噛《か》み締めながら、海雲《モズク》はつぶやいた。

そして、自分の虎の子——装置を射出する機能しかない豆鉄砲を、投げ捨てた。

早い話が、はったりだった。電極を射出できる拳銃型のスタンガン——。作りたいのはやまやまだったが、うまくいかなかった。電気系の学部出身、なれど二年目で中退した海雲《モズク》に、そのレベルの専門性は持ち合わせがなかった。もっと真面目に勉強しておけばよかったと、これほどまでに深く後悔したことはなかった。

仕方ないので、最低限それらしい体裁を整えて、はったりをかける方針に切り替えた。〈犯人役〉であり、あの装置の電気ショックを利用してゲームを進めてきた永世《エッセイ》は、その怖さを無意識下に植え付けられているはずだ。だから撤退してくれるに違いない、という読みだったのだが——うまくはまってくれたようで、なによりだった。五十回クラスのプレイヤーでも、相手の心まで読めるわけではないらしい。

海雲《モズク》は、寝返りを打った。うつ伏せから、仰向《あおむ》けになった。

激しく脈打つ心臓に、手を当てた。その胸を満たしていた感情の大半は、恐怖だった。はるか格上のプレイヤーにブラフを仕掛けたのだから、当たり前だ。が、それとともに、ある種の高揚感があったのも否定できなかった。今にも宙に浮かんでいきそうな感覚。〈脳汁が出る〉というやつだった。これだ、という、確かな手ごたえがあった。大学からも社会からもドロップアウトし、気づけばこんな業界にはまり込んでいた海雲《モズク》だったが、これこそ自分の才能かもしれないと思うものを、初めて見つけた。いわば〈詭道《きどう》〉のプレイスタイルだ。

そんなことを考えているうちに脈拍が正常に戻った。海雲《モズク》は、怪我《けが》をした脚を引きずりながら、救難艇に急いだ。

（16／22）


——銃声だ。

林を疾走しながら、幽鬼《ユウキ》は肝を冷やした。

はっきり聞こえた。はっきり聞こえるぐらいの至近距離に永世《エッセイ》がいるということを、その音は意味していた。誰か撃たれたのか？　どうなった？　プレイヤーの殺害に成功した？　ゲームはもう終了したのだろうか？

銃声が止《や》んだということはその可能性も大いにあったが、幽鬼《ユウキ》は足を止めなかった。船に急ぐに越したことはないからだ。島の反対側まで最短距離のルートを進んでいた幽鬼《ユウキ》だったが、その銃声には進路を変更せざるをえなかった。船の方角には向かいつつも、音の方向からは離れるように、やや迂回《うかい》する。

しかし——。

「……っ!!」

少しして、幽鬼《ユウキ》は殺気を覚えた。

とっさの回避行動をとった。

紙一重だった。頭のすぐ後ろで、高速飛翔《ひしょう》するなにかが髪を突き抜けていく感覚があった。近くにある中で一番大きかった樹木に、カブトムシのように幽鬼《ユウキ》はへばりつき、身を守った。

よくやった——と我ながら思った。殺気を読み取る能力には自信があったが、狙撃をかわすことができるなんて。自分でも驚きだった。嬉《うれ》しさのためか恐怖のためか、元気に脈動する心臓を、幽鬼《ユウキ》は落ち着かせる。

一瞬だけ木から顔を出して、狙撃の方向を見た。永世《エッセイ》の姿は見えない。見えないぐらい遠いのか、それともどこかに潜んでいるのか。いずれにせよ、流れ弾でないことは確かだった。幽鬼《ユウキ》に向かって放たれた、銃弾よりも突き抜ける殺気があったからだ。

「……やるしかないか……」

木の幹にでこを当てながら、幽鬼《ユウキ》は言う。

なんとなく、こうなるような気はしていた。

なってほしくないとは思っていたが、避けられぬと悟っていた。

幽鬼《ユウキ》の相弟子、永世《エッセイ》。

やつとぶつからず、このゲームを終了できるわけがない。

（17／22）

永世《エッセイ》は舌打ちした。

獲物が、おとなしく狩られてくれなかったからだ。限りなく気配を抑えていたはずだが、紙一重でかわされた。幽鬼《ユウキ》。永世《エッセイ》と同じ、白士《ハクシ》の薫陶を受けたプレイヤー。そう簡単にやられてはくれないか、と思う。

しかし、標的を変えようとは思わなかった。あとの二人——藍里《アイリ》にしろ、古詠《コヨミ》にしろ、腕の立つ相手であることに間違いはないのだし、仮に探しに行ったとして、連中が船に着くより先に捕捉できる保証はない。それに——この状況に、運命的なものを感じてもいた。遭遇したのが自分の相弟子だったという事実。〈ここであいつを潰してやれ〉という、運命の女神の思《おぼ》し召《め》しなのだろうと理解した。

望み通りにしてやる、と思った。


(18／22)


ここ数日、頭からずっと離れないことが永世《エッセイ》にはあった。ゲームの初日、古詠《コヨミ》から告げられた、ひどく受け入れ難い事実のことだった。

古詠《コヨミ》。〈キャンドルウッズ〉以前からゲームを続けている、白士《ハクシ》の盟友。興味をそそられるなというほうが無理な話だった。ゲーム開始直後、彼女に迎えられて、コテージに案内されたときに永世《エッセイ》は尋ねた。我が師匠が、自分のことをどのように評価していたのかを。

「悪い意味での天才」

と古詠《コヨミ》は答えた。

「頭脳という意味では卓越しているが、だからこそなのか、びっくりするほど変な勘違いをときどきやらかす。一時は成功するが、やがて自分から身を滅ぼすタイプ——だとさ」

「……そうですか」永世《エッセイ》は言った。

「気にしないでいいよ。あいつ、昔っから口が悪いんだ」

師匠に認められていないという事実には、確かに落ち込んだ。しかし、真に永世《エッセイ》を深く刺したのは、そのあとに続いた話題だった。

「そういえば……さっき見た中に、もう一人それっぽいのがいたねえ。あの幽霊みたいなやつ。あれ、ひょっとして幽鬼《ユウキ》じゃないかい？」

古詠《コヨミ》にコテージへと案内される途中、ビーチにほかの四人組がいるのを永世《エッセイ》は見ていた。あの中には確かに、幽鬼《ユウキ》が交じっていた。

「そうですけど、どうして急に彼女の話を？」

「？　だって、あいつも白士《ハクシ》の弟子じゃないか。知らなかったのかい？」

過去のゲームで幽鬼《ユウキ》とは何度も会っていたが、まったく知らなかった。おそらくは向こうも知らないだろう。

「どんなやつなのかねえ。白士《ハクシ》のやつ、けっこう期待してるみたいだったが……」

——それを聞いた途端、
名状し難いものが、永世《エッセイ》の心に生まれた。

「なぜです？」

考えるよりも先に言葉が出ていた。そんな永世《エッセイ》の動揺など、まるでわからないという調子で古詠《コヨミ》は答える。

「幽霊だから、とかなんとか言ってたね。すでにもう死んでるんだから、死ぬわけがないとか……」

永世《エッセイ》は、言葉を失う。

少なくとも十秒は呆然《ぼうぜん》としていただろうか。さすがに動揺を読み取ったのだろう、「ああ、いや」と古詠《コヨミ》が言葉をかけてくる。

「別に、お前には期待してないってわけじゃあないと思うよ？　クリア回数はお前のが上なんだろう？　だったら、より多くの期待をかけてるのはお前のはずだよ」

慰めにもならない、と思った。

幽鬼《ユウキ》というプレイヤーの能力は、過去のゲームでよく知っていた。センスはそこそこあるが、自分の足元にも及ばないとみなしていた。なのに私の評価が〈破滅型の天才〉で、あいつには〈期待している〉？　ふざけるな。そんなの、認められるか。

呆然としていた心が、ひとつの方向に定まっていく。

師匠はなにもわかっちゃいない。ゲームを引退して一年半、あの人の慧眼《けいがん》にも陰りが見えてきたようだ。王道の真ん中を私は進んでいる。これであってる。なにも間違っちゃいない。だからこその五十回クリアで、だからこそ今もこうして、ゲームを有利に進めている。あんな幽霊女に遅れをとることは万に一つもありえない。

あの女をぶっ潰して、それを証明してやる。

（19／22）

ここ数日、気になっていることがひとつ、幽鬼《ユウキ》にはあった。

永世《エッセイ》が、このゲームでとった作戦のことだ。初日に、コテージで自らの肉体をばらし、死を偽装した。プレイヤー全員、これにはまんまと騙《だま》されたわけだが——白士《ハクシ》の弟子として、この奇策はあってはならないものであると、幽鬼《ユウキ》は考えていた。

九十五回クリアの伝説的プレイヤー、白士《ハクシ》。しかしながら、その記録は彼女にとって、編みかけで放り出したマフラーと同じぐらいの価値しかない。彼女の目標はただひとつ、九十九回のゲームクリア。たった四回が届かないところで、彼女は無念にも死亡した。どうやら死んではいなかったらしいが、引退してしまったことから見るに、ゲームに参加できるコンディションには戻れなかったのだろう。百回近いゲームにより積もり積もったダメージのため、悲願を遂げることができなかった。

その末路を、永世《エッセイ》も知っているはずだ。

ならば――自分の体を積極的に傷つける戦法なんてものを、とるはずがないのだ。

しかし、やつはやった。とんでもない考え違いだ。このゲームを完全に支配していたかのように見えた永世《エッセイ》の、わずかに開いた穴だった。

それを根拠に、戦える、と幽鬼《ユウキ》は思った。

五十回クラスの格上にも、挑みかかる口実になる。そうだ。あいつだってパーフェクトじゃない。ミスだってする。感情を昂《たかぶ》らせることだってきっとある。幽鬼《ユウキ》の知らないところで、ほかにもポカをやらかしているかもしれない。勝手にびびるな。敵を誇大化させるな。ちゃんと手順を踏めば勝てる相手なのだ。

不死身の肉体。だけど、ヴァンパイアやゾンビみたいに強いわけじゃない。ただ死なないだけだ。その証拠にやつは、ゲーム終了直前まで引っ張って、武器を調達してきた。直接戦闘を恐れていることの裏返しだ。あの銃さえなんとかすれば、勝機はある。殺すことはできなくても、機能を停止させ、船まで逃げ切ることはできる。

幽鬼《ユウキ》は、木の陰を出た。

目的地は決めていた。一目散、走った。

（20／22）

立ち止まってはならなかった。一瞬でも止まれば、狙い撃ちにされるからだ。まっすぐに走ってもいけなかった。動きを予想されても、狙い撃ちにされるからだ。あるときは遮蔽物を利用し、またあるときはパターンに反する行動を取り、またまたあるときは殺気を嗅ぎ取って紙一重でかわす。弾丸をかわし続けるという、技術がハウツー化されたら陸上戦の常識が塗り代わりかねないパフォーマンスを、数分間にわたって幽鬼《ユウキ》は発揮した。

この調子で船まで逃げ切ることができれば理想だったのだが、無理そうだった。だから幽鬼《ユウキ》は、それとはまったく別の場所に向かった。そこは永世《エッセイ》にとっての死地であり、また、幽鬼《ユウキ》にとっての死地でもあった。

尖《とが》らせた竹が、たくさん地面に刺してあった。

真熊《マグマ》の仕掛けたものだった。

彼女の、拠点の近くだった。

真熊《マグマ》の手を借りようとしている——のではない。彼女はもう、ここにはいないだろう。今ごろはもう救難艇にたどり着いているはずだ。だが、彼女の手がけた作品は残っている。

その力を借り受けることはできる。

永世《エッセイ》を罠《わな》にはめようとしている——のではない。

その逆だ。

「おとなしくやられるのはごめんだ！」

幽鬼《ユウキ》は、叫んだ。

彼女の作戦を、端的に伝えてやった。

「お前の手にかかるぐらいなら——自分から死んでやる！」


（21／22）


これは、賭けだ。

もしも永世《エッセイ》のクリア条件が、プレイヤー三人以上の〈死亡〉だったなら、この宣言は無意味もいいところである。どうぞご勝手に。数多《あまた》仕掛けられているトラップのどれかにかかって、幽鬼《ユウキ》はゲームオーバー。永世《エッセイ》は五十回クリアの称号を獲得する。

しかし——〈死亡〉ではなく、〈殺害〉が条件なのだとすれば？　状況は逆転する。永《エッ》世《セイ》は、幽鬼《ユウキ》が死んでしまわないよう保護しなければならない。獲物が自殺してしまえば、クリア条件を満たせなくなるのだから。

幽鬼《ユウキ》の読みでは、永世《エッセイ》に〈殺害〉が課せられている可能性はかなり大きい。クローズドサークルをテーマに据えたゲームだからだ。また、幽鬼《ユウキ》を取り逃せば、次の標的を探す時間はもう残っていないだろう。幽鬼《ユウキ》の生死は、そのまま永世《エッセイ》自身の生死に直結する。

完璧な作戦だった。

問題があるとすれば、永世《エッセイ》もろとも、幽鬼《ユウキ》も死んでしまうという点だった。

だから——もう一工夫、加えなければならなかった。

幽鬼《ユウキ》の足元が陥没した。周囲一メートルほどの地面が、揃《そろ》って崩れた。落とし穴だ。三日目に幽鬼《ユウキ》がかかったものと同じく、底に竹槍《たけやり》がびっしりと敷かれていたのを確認できたので、串刺しにならないよう必死に壁にへばりついた。十本の指をすべて土壁に突き刺して、なんとか底にまでは落下せずに済んだ。

だが、外から見れば、その実情はわからない。

よって永世《エッセイ》は、この落とし穴をのぞかなければならない。幽鬼《ユウキ》の生死を確認し、もし息があるのなら、死因を〈串刺し〉ではなく〈射殺〉へと塗り替えるために。土の壁を通じて、永世《エッセイ》が近づいてくる足音を幽鬼《ユウキ》は聞いた。蜘蛛《くも》のようにすばやく、なおかつ静かに、落とし穴の壁を幽鬼《ユウキ》は登った。

永世《エッセイ》の影が幽鬼《ユウキ》にかぶさった。

それと同時、幽鬼《ユウキ》の手が、永世《エッセイ》の脚をつかんだ。

引っ張った。転ばせた。地上に再び舞い戻った幽鬼《ユウキ》は、永世《エッセイ》が構え直そうとしていたマシンガンを力尽《ちからず》くでもぎ取った。思った通り、肉体そのもののスペックは高くないようで、簡単に武器を奪うことができた。説明書を読んでいる時間はなかった。幽鬼《ユウキ》は、とりあえず、銃口を永世《エッセイ》に向けてトリガーを引いてみた。

矢継ぎ早に発射された。

二秒ほどで弾切れになった。思ったより反動が強くて上に跳ねてしまったため、永世《エッセイ》に命中させられたのは半分ほどだった。至近距離からの銃撃である、永世《エッセイ》は当然、地を舐《な》めることになったのだが、やはりというべきか致命傷には至っていなかった。無駄のない動きで起き上がり、マチェットを抜いて幽鬼《ユウキ》に切りかかってきた。

マシンガンの腹で防いだ。

そして、マチェットも奪った。特殊部隊さながらの装備で全身を固めていた永世《エッセイ》だったが、唯一ガードの甘かった首に突き刺してやった。永世《エッセイ》は倒れたが、それでもなお動いていた。首のマチェットを抜こうとしていたので、幽鬼《ユウキ》は彼女に馬乗りになってそれを阻止。両方の拳で交互に殴ってやるのだが、手ごたえをまるで感じられなかった。

「どこが急所だ！　この野郎！」

間違った日本語で罵倒しつつも、幽鬼《ユウキ》は攻撃を続けた。永世《エッセイ》の抵抗を抑えながら、装備をひん剥《む》き、その下にあった包帯も剥《は》ぎ取った。フランケンシュタインの怪物のごとき、つぎはぎの大量についている肉体があらわになった。継ぎ目の部分から永世《エッセイ》の体内に手を突っ込んだ。最初に触れたものを引きずり出してみると、肺だった。もう一度手を突っ込むと、今度は心臓が取れた。両手を交互に差し入れて次々と摘出した。肝臓、胃、小腸、大腸に腎臓、名前のぱっと出てこないやつらも含めて全部抜いた。どういう仕組みなのやら、ぶどうでももぎ取るかのような手軽さで千切ることができた。信じ難いことに、内臓をすべて失ってもまだ永世《エッセイ》は抵抗したので、骨や筋肉にも手を出さざるをえなくなった。殺人事には慣れている幽鬼《ユウキ》ではあったが、ここまで徹底的な破壊をするのは初めてだった。あの殺人鬼、よくもまあこんなに疲れることをやっていたものだなと、今さらになって尊敬の念を抱いたところで、

ようやく、永世《エッセイ》は動かなくなった。

幽鬼《ユウキ》は、手を止めた。

死んだふり、ではないようだった。しばらく待っても、永世《エッセイ》は身動きしなかった。

「……グッドゲーム」

幽鬼《ユウキ》は言った。白いもこもこを手からぬぐって、立ち去った。

（22／22）

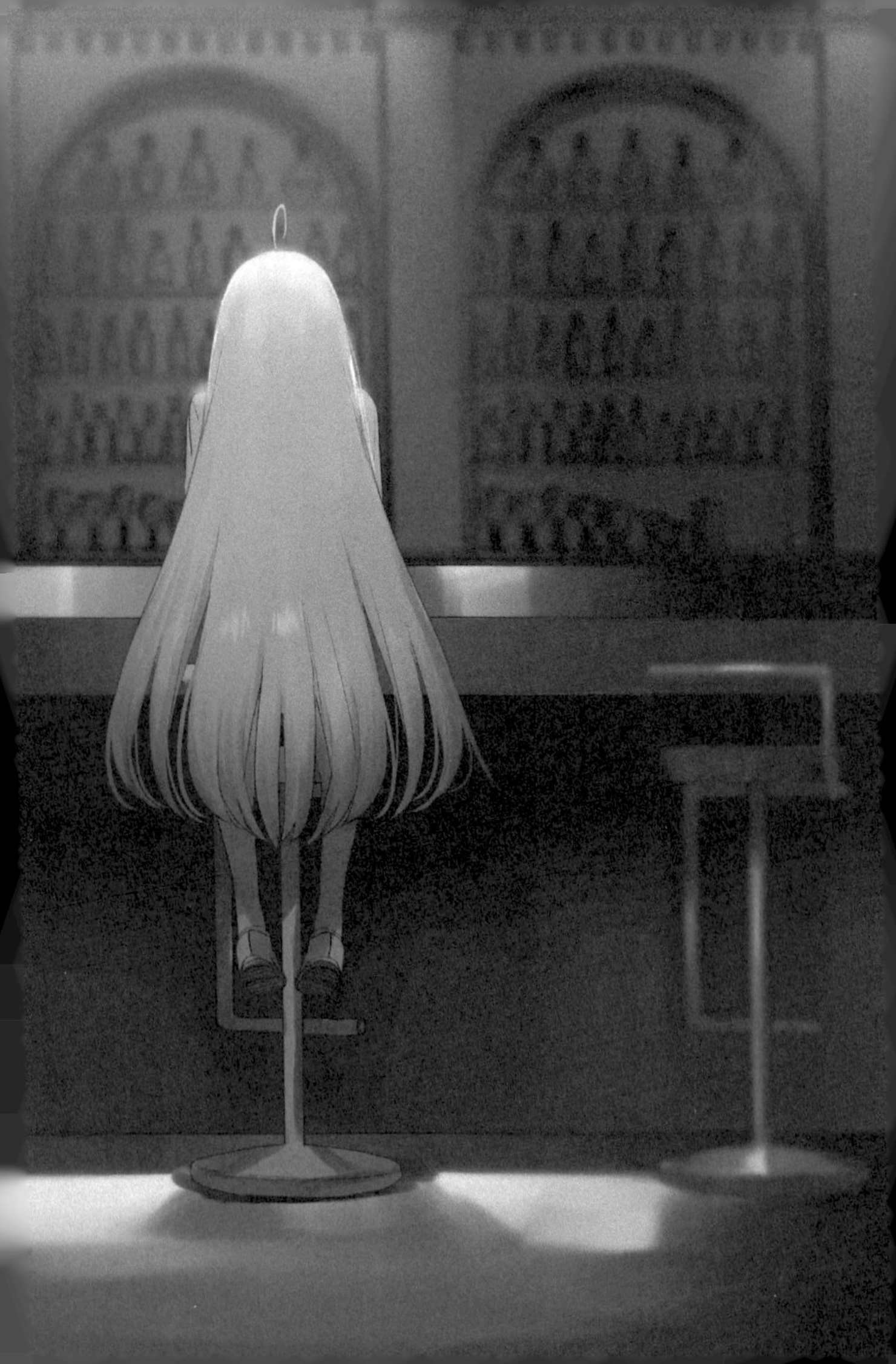

5.リーブ・ザ・フロントライン

（0／4）

幽鬼《ユウキ》は無事、救難艇までたどり着いた。

幽鬼《ユウキ》のエージェント――監視カメラからゲームの動向を見て、船で待機していたらしい――に出迎えられた。この船には医療設備も搭載してあるようだったが、装置の摘出による傷以外、大した怪我《けが》を負ってはいなかったので、メディカルチェックを受けることはなく、幽鬼《ユウキ》は客室に案内された。

部屋に入るや否や、すぐに寝てしまった。傷は深くなかったが、疲労という意味でのダメージは、かなりのものだったのだ。そのまま、船が港に到着するまで爆睡していた。なので、ゲームの結果がどうなったのか、幽鬼《ユウキ》は知らないままだった。ほかには誰がこの船に乗っているのか。自分は永世《エッセイ》を殺害できたのか。陸《おか》に上がってからは、エージェントの車で家まで送ってもらったので、そのとき聞けば知ることはできたのだろうが、幽鬼《ユウキ》はそうしなかった。

生きていれば、どうせまた会うことになるだろうからだ。

（1／4）

コテージで籠城していた間に、古詠《コヨミ》から、その場所を教えられた。

集合の日程、時間も、事前に打ち合わせていた。普通の人間にとってはお休みの時間、されど、夜型人間の幽鬼《ユウキ》にとってはこれからな時間に、幽鬼《ユウキ》はそこへと足を運んだ。

マジックバーだった。

お酒を飲みながら、マジックを見せてもらえる施設のことである。師匠ほどの人物が通っているのだから、さぞかしランクの高いところなのだろうと思っていたが、意外にも普通だった。取り立てて都会というわけでもない街に、こぢんまりと立地していた。幽鬼《ユウキ》が入店すると、十席も用意されていない狭い店内に、座っているのはただ一人だけだった。

「――久しぶりだな」

無沙汰を詫《わ》びるという感じではまったくない声で、彼女は言った。一ミリグラムの余計な肉すらついていない高身長と、ウェーブのかかった髪を併せ持つ。隙のない気配に、不思議とよく通る声。そこにいるだけで空気が一変する、圧倒的ななにかを持っている人物だった。

白士《ハクシ》だった。

一年半ぶりに顔を合わせる、我が師匠だった。

「……お久しぶりです」

幽鬼《ユウキ》は言って、彼女の隣に座った。

正直、半信半疑だった。なんたって幽鬼《ユウキ》は、彼女の遺体をじかに見たのだ。くすんだ内臓も、ぼろぼろの骨も、目の当たりにしているのだ。永世《エッセイ》のことがあったとはいえ、なにかの間違いではあるまいかという疑いはぬぐえなかった。

しかし、対面して一秒でその勘繰りは吹き飛んだ。そっくりさんではありえない。こんな気配を持っている人物など、地球全土探し回ってもそうは見つかるまい。恥ずかしながら、〈この人には一生敵《かな》わない〉という諦めが、幽鬼《ユウキ》の心にふっと浮かんでしまった。真熊《マグマ》や永世《エッセイ》のときとは、比べ物にならないぐらいに萎縮してしまった。一年半前の自分が、この人と普通に会話していたことが信じられない。幽鬼《ユウキ》のレベルが上がったために、格の違いを読み取れるようになったということだろう。

「なにか頼め」

そう言って、師匠はメニューを滑らせた。

「料金は私持ちだ」

「……ありがとうございます」

ところで、最近、この国では成人年齢が引き下げになった。幽鬼《ユウキ》は晴れて成人となったのだが、お酒を飲んでいい年齢は、二十歳以上に据え置きのままらしい。そもそもが法律の外で生きている人種なのだし、別に飲んでもいいんじゃないかと幽鬼《ユウキ》は思ったが、ここはソフトドリンクで勘弁してやることにした。コーラを頼んだ。

注文を終えて、幽鬼《ユウキ》はきょろきょろする。店内を観察した——のではなく、古詠《コヨミ》の姿を探したのだ。白士《ハクシ》と幽鬼《ユウキ》と、古詠《コヨミ》の三人で集会だと聞いていたのに、彼女はまだなのだろうか？

結局、彼女は現れなかった。白士《ハクシ》と二人で、マジックバーのマジカルな部分を幽鬼《ユウキ》は体験した。師匠が通い詰めるのもわかるなと思うぐらい、バーテンダー兼マジシャンの腕前は大したものだったが、純粋な気持ちでそれを楽しむことはできなかった。我が師匠に使うべき言葉を、必死になって探していたからだ。幽鬼《ユウキ》の中で、一年半前に死んだ人物。引き合わせてもらったのはいいが、なにを話したらいいのか、全然わからない。

「あの、師匠」

マジックも一区切りがついたころ、ままよ、と思って幽鬼《ユウキ》は言った。

「なんだ」

「その……生きてたんですね」

「ああ」

「この前のゲームで、古詠《コヨミ》さんと会って。ここを紹介されました」

「ああ。やつから聞いてる」

そりゃあそうだ。言うまでもないことだった。

「永世《エッセイ》と、やり合ったそうだな」

「……はい。師匠と同じで、不死身の体になってました」

「そうらしいな」

「らしいって……師匠が教えたんじゃないんですか？」

「まさか。お前にも教えてないだろう？　やつが勝手に調べただけだよ」

白士《ハクシ》は頬杖《ほおづえ》をついた。その横顔に、影が差していた。

「師匠」

「なんだ」

「ここに来るのは、永世《エッセイ》さんと私、どっちがよかったですか？」

自分の体を大事にしない、そんな戦法は彼女の弟子にふさわしくない――。

それを根拠に、幽鬼《ユウキ》は永世《エッセイ》と戦った。そして勝利を収めた。しかし、実際のところどうだったのだろう。師匠は、自分と永世《エッセイ》、どっちが生き残ることを望んでいたのか。

軽く息を吐いて、白士《ハクシ》は答える。

「永世《エッセイ》だ」

幽鬼《ユウキ》の心臓が、跳ねた。

「――と言ったら、代わってくれるのか？　今から」

「……いいえ」幽鬼《ユウキ》は首を振る。

「なら、そういうことだ」

白士《ハクシ》は続ける。

「お前はもう、私の弟子じゃないんだ。外野の評価なんざ、気にするな」

（2／4）

コーラひとつ飲み終えると、幽鬼《ユウキ》は退店した。

それから数分後、入れ替わりに等しいタイミングで、別の客がやってきた。二十代のくせに老け込んだ雰囲気がある女、古詠《コヨミ》だった。

「やあ」「ああ」

限りなくそっけない挨拶を交わして、古詠《コヨミ》は席に着く。

「わざと遅れたな、きさま」

「まあね。二人にさせてやろうと思ってさ」

ひひひ、と古詠《コヨミ》は笑った。

「しかし、なんだね。すごい偶然だよねえ。お前の弟子二人と、同じゲームに居合わせるなんてさ」

「参加プレイヤーのランクは、合わせせられる傾向にあるからな。確率は低いが、起こらないことではないさ。……なにかひっかき回しちゃいないだろうな、きさま」

「んなことしちゃいないよ。……ないと思う」

どうだか、と白士《ハクシ》は思う。

古詠《コヨミ》は、机に両腕を乗せて、そのさらに上に顎を乗せた。

「もう、今回でやめにするよ」

と言った。

「久しぶりの参加だったけど、プレイヤーのレベル上がってたねえ。装置のことも永世《エッセイ》のことも、まったくもってわからなかった。最後、逃げ切れたのも運がよかっただけだし……まるでついていけてなかったよ。わたしゃ、もう無理だね」

「それがいいよ、臆病者」

〈臆病〉。それが古詠《コヨミ》のプレイスタイルだった。普通なら欠点とされる人格だが、ことこのゲームにおいては美徳である。プレイヤーとしての能力は平凡もいいところなのだが、死の気配を察知することに長《た》けている。殺気を読み取ったり、トラップの気配を嗅ぎ取る能力は白士《ハクシ》にもあるのだが、どうも古詠《コヨミ》のスキルはそれとは一線を画している。運命というか、未来を直接見ているような感じだ。白士《ハクシ》が道を絶たれたあのゲーム、〈キャンドルウッズ〉を、〈なんとなく怖かったから〉で回避してのけたこの天才を、はっきり言おう、プレイヤーとして白士《ハクシ》は尊敬している。

彼女が無理だと言うのなら、それは本当に無理なのだろう。白士《ハクシ》が口をはさむ余地はない。

「これまでの賞金を元手に、株でもやるんだな」

「やだね、怖いし。……それで、どうだったんだい？　幽鬼《ユウキ》と会った感想は。馬鹿弟子からは卒業できてたかい？」

「もう弟子ではないよ。つまり、ただの馬鹿だな」白士《ハクシ》は答える。「自分と永世《エッセイ》、どっちに勝ってほしかったか、と聞かれた。馬鹿げていることはなはだしい」

「厳しいねえ」

「これが私のスタイルだからな」

プレイヤーだったころの白士《ハクシ》のスタイルは——〈否定〉だった。

才能なんてものが自分にあるとするなら、それは、物事の粗探しをする能力にほかならない。探すまでもなく、自分の欠点がいくらでも頭に浮かぶ。そのひとつひとつにノーを突きつけ、弱点を潰していくことが、白士《ハクシ》の生存戦略だった。

要するに、とても否定的な人間なのだ。

「今時はやんないよ、そんなの」古詠《コヨミ》がからかうように言う。

「だから、おとなしく引退したじゃないか」

「それで、幽鬼《ユウキ》に譲ったわけだ。……今でも期待してるかい？　あいつが、九十九回をやってくれるってさ」

「ああ。はっきりと表明したのは、弟子の中ではあいつだけだからな、期待もするさ。やめるならやめるで、別に構わないが」

「前々から思ってたんだが、なんで百じゃなく九十九なんだい？　その数字、なにか意味があるのかい？」

「さあな」

白士《ハクシ》はとぼけた。温度を感じない指でグラスを傾け、体内にしつらえた人工臓器に、アルコールを流し込んだ。

「この店のマジックより、お前の体のがよっぽど不思議だよ」と古詠《コヨミ》は言った。


（3／4）


マジックバーを出て、数分ほど歩いたところで、幽鬼《ユウキ》の携帯に電話がかかってきた。

携帯を見ると、発信者は幽鬼《ユウキ》のエージェントだった。珍しいな、と思った。電話番号を教えてはいたものの、連絡を受けるのはおそらく、初めてのことだった。好奇心と疑問心が半分ずつの気持ちで、幽鬼《ユウキ》は着信のボタンを押し、電話を耳に当てた。

「はい、もしもし」

「こんばんは、幽鬼《ユウキ》さん」エージェントは早口だった。「今、お時間大丈夫ですか？」

「……？　はい、大丈夫ですけど」

「お耳に入れておこうと思いまして……。まだ、裏の取れた話ではないのですが」

「なんです？」

「〈クラウディビーチ〉と同時期に行われたゲームのことなのですが……」

幽鬼《ユウキ》の注意を引こうとするかのような間を開けて、エージェントは続ける。

「〈キャンドルウッズ〉ほどではありませんが――大波乱の結果だそうです。八十人のプレイヤーが、たった三人を残して、全滅しました」

〈クラウディビーチ〉。あのゲームは確かに、幽鬼《ユウキ》にとっての大一番だった。

しかし、幽鬼《ユウキ》の戦いはまだ終わっていない。九十九回を達成するため、乗り越えなければならない障害は、まだまだたくさんある。

（4／4）

解説

カンザキイオリ

いついかなる時代でも、「死」というものは老若男女を惹《ひ》きつける。私も同様、この手の作品が好きだ。人が集められ、一人ずつ、また一人ずつ、時に内臓を撒《ま》き散らし、時に脳天をぶち抜かれ、最後には特定の人間が生還する。生還しても、何かしらの形で災厄が降りかかる作品もある。作品を通して、死を感じることが出来る。本作に登場する【観客】も、「死」を安全かつ、他人事《ひとごと》ではない距離感で感じ取ることができる悦楽に酔いしれているのではないだろうか。

しかしこれはただのデスゲームものではない。

まず登場人物達が自らの意志で進んでゲームに参加している。観客の出資を促すため髪を伸ばした藍里《アイリ》など、容姿すら変えている様はまるで心底このゲームを楽しんでいるようにも感じ取れる。命を弄ばれる側だというのに、むしろ支配し弄んでいるかのような感覚。

そしてゲームが一度きりではなく、何度も続いていくということ。これが面白い。それも同じゲームではなく、場所も内容も変えてというのは、特に異質に思う。その特徴であってか、どことなくゲームごとにジャンルも若干変わってゆく。過去のゲーム、ゴーストハウス（第一巻）とスクラップビル（第二巻）は王道でもあり純粋な脱出デスゲーム物だ。しかしキャンドルウッズ（第一巻）やゴールデンバス（第二巻）では、大量殺戮《さつりく》、例として「バトル・ロワイヤル」のようなスプラッターサバイバル系へと変貌した。今作のクラウディビーチでは、上級プレイヤー達の人狼《じんろう》ゲームさながらのミステリー的側面も見せてくれた。

そして私なりに本シリーズの重心にあると思ったのは、青春さながらの登場人物達の感情のぶつかり合いと、そこで生まれる熱い展開だ。

防腐処理。空気に触れた血液が綿のように変質するというこの設定。この極めて異質な設定が、この作品の「死」というイメージを、優しく抑え込んでいる。勿論、手、足、がバラバラだったりするシーンもあるのだが、白い綿が飛び散っている映像に脳内が勝手に変更するため、どことなく「死」が可愛《かわい》げのあるものに思える。見せ物としての「死」が売りであるデスゲームというジャンルだが、この作品ではそこまで「死」をグロテスクに感じさせない。それが大きなメリットとなり、むしろ強く浮きあがってくるのが、登場人物たちの熱い展開だ。

幽霊のような線の細さ、そして他人と接する際にあまり感情を露呈させない幽鬼《ユウキ》だが、師匠の意志を継ぐという熱い志しや、時折見せる他者への気遣い。回が進むにつれて彼女がそれほど冷酷ではなく、実は暖かみのある人間でもあることに、魅了される読者もいるのではないだろうか。そして彼女を取り巻く登場人物たちとの関係。ただ生き残るために蹴落とす関係ではない。ライバルとして、時に仲間として、そして今作では相弟子として。プライドと感情に則ったバトル漫画のような殺し合いに、完全に惹き込まれた。

九十九連勝という師匠の意思を継ぐため戦い続けた幽鬼《ユウキ》。しかし師匠が生きていたという事実を知ったことで、この目標への向き合い方はどう変わっていくのか。そして次はどんなジャンルのデスゲームを見せてくれるのか、期待に胸が躍る。

解説

斜線堂有紀《しゃせんどうゆうき》

本シリーズの愛読者であればご存じの通り、この物語は極めて変則的な特殊設定ミステリである。『変則的』と『特殊』を同時に用いる無体には目を瞑《つぶ》って頂きたい。人を喰《く》ったような本シリーズを読めば、そう言いたくなる気持ちも理解出来るはずだ。

恒常的に行われるデスゲームに参加し生計を立てる主人公という突飛な設定や、読み手を翻弄する個性豊かなプレイヤー達とは裏腹に、この物語は読者をルールで導いてくれるフェアなミステリである。

わかりやすく明示されるルールは、幽鬼《ユウキ》と同じだけの柔軟な思考力があれば突けるゲームの穴を予《あらかじ》め示す。特に第二巻のゴールデンバスにおける二重ステージの仕掛けなどは、読み返してみればとてもフェアにその存在を示してくれるものだ。また、一見読者には理解出来ない幽鬼《ユウキ》の独特な感性——死亡遊戯に日常的に身を窶《やつ》す様も『彼女自身が定めたルールに従って生きている』という宣言がある為《ため》に、奇妙なほどにすんなりと受け容《い》れられる。たとえ彼女が先程までおぶっていた女を殺し、何の意味も持たないかもしれない九十九連勝の為に命を擲《なげう》とうとも。

そして、満を持してクローズドサークルにおける王道ミステリをやってのけたのが、本巻収録のクラウディビーチ編である。脱出不可能な孤島に閉じ込められたプレイヤー達が、夜ごと襲撃してくる犯人を当てて生還する、というシンプルなゲームは、このシリーズのミステリ的な喜びを十全に満たしてくれる。少しずつ明かされる手がかりによってゲームの輪郭と結末を予想する楽しみは、目と舌の肥えたミステリ読みをも唸《うな》らせるはずだ。また、クラウディビーチ編を読んだ読者は本シリーズがミステリにおいて特別なアドバンテージを持っていることに気がついたはずだ。それは『非常に長いスパンで事件を描くことが出来る』点である。

今回のクローズドサークルにおいて手がかりとなるのは、死体の状況やその時のアリバイだけではない。第一巻のキャンドルウッズに登場した殺人鬼・伽羅《キャラ》の存在や、ゴールデンバスにて散った御城《ミシロ》の師弟関係までもが推理の材料として扱われる。通常のミステリでは、同じ登場人物達が別の事件の場に何度も居合わせることは少ない。その為、その場で新しく人間関係を構築し、過去を照らし合わせ、動機を探ることとなる。

だが、彼らは同じ運営が催すデスゲームに繰り返し参加しているが故に同じ場所に居合わせ、その度に共通認識を増やしていく。結果、過去の事件《ゲーム》での情報も巧妙な伏線として機能するのだ。実際に、今回の事件で鍵となるのは、キャンドルウッズにて生還した師匠──白士《ハクシ》の死に様と生還についての情報だった。丸々一冊分を越えて届いた、実にロングスパンな伏線である。このやり方を目の当たりにして、思わず感嘆した。シリーズものであるからこそ、この設定だからこそ、新しく切り開くことの出来た地平である。

当然ながら、シリーズが続くほど、こうした共通認識は増えていく。それ故に、本シリーズには常に「最新刊こそが最も面白い」という理想的な『ルール』があるのだ。

解説

冬野夜空《ふゆのよぞら》

この——いい意味で——狂った作品の解説を担当するのはこの上なく恐縮してしまう思いではあるが、だからこそここは割り切って語りたくなる作品を（小説家という観点から）一読者としてただ語ることにする。

本作を読んで私が最初に感じたものは、虚脱感。次いで、感謝だった。感謝だなんておかしな話だとは思うが、著者視点だとやはり感謝が出てきてしまう。

身も蓋もないことを言ってしまうと、小説という媒体はどこまでいっても娯楽であり、売れることが正義なのである。だからこそ、その執筆過程では様々な打算が生まれる。惹《ひ》きつけるストーリーにしよう、ファンができそうなキャラクターを書こう、共感性を大事にしよう、お色気シーンを書いて作中への期待を持たせよう。そのどれもが直接的なアプローチかつ効果的なものであり、より娯楽志向の強いライトノベルの、しかもシリーズものになるとその思想は強くなっていく印象がある。実際そのどれかの、或いは複数のアプローチが上手な作品は、売れる。

ただ、本作は、それらの打算の何もかもを容赦なく殺す。文字通り、作中で登場人物を殺すことによって、だ。基本、主人公である幽鬼《ユウキ》以外の登場人物に生を期待することはなく、その幽鬼《ユウキ》自身の人間性にもおおよそ共感できる余地がない。三巻にしてようやく登場人物の繋《つな》がりを感じ始めたが、それにもどこか冷酷なものを感じ続ける始末。制服や水着と、〝そういった要素〟も申し訳程度に出るが、それも結局は飾りでしかない。

では、どうして本作では、意図的に組めるであろう打算をことごとく殺しているのか。

単純である。ただ、書き手の思う、面白いものを書くため。この一点に尽きるだろう。小説をビジネスと考えるならその考えを正しいと言い切れないかもしれないが、小説を娯楽とした時に、それほど健全で純粋な欲求はない。

そこへいくと、この怪物的な、ともすれば賛否両論と言われたり、ズレてると言われる本作は、ただひたすらに〝面白いものを書いている〟という結果の表れなんだろうと思えてしまって。そんな純粋な面白さを求めた本作に触れられたことに、同じ著者として感謝してしまうのだ。

一巻目で世界観の説明と過去の話、二巻目では難関と運営側の裏を覗かせ、そして三巻目で強者達の邂逅《かいこう》と物語の輪郭が見えてきた。

売るために作られる小説という枠にハマらない本作。それはある意味で誰にも予想がつかず――著者本人でさえも予想がついていないのかもしれない――ある意味で、どんな作品よりも無限大の可能性を秘めている作品であると言えよう。

そんな作品が、これからどんな動きを見せてくれるのか、ライトノベルという、小説という媒体の世界の中で、どんな形を持った怪物に変貌してくれるのか。それが今から楽しみで仕方がない。

あとがき

……正直、解説文見てめちゃめちゃびっくりしました。

こんにちは、鵜飼有志《うかいゆうし》です。おっかなびっくり、この場を務めます。

『死亡遊戯』三巻をお手に取っていただき、まことにありがとうございます。

一、二巻とは趣旨を変え、一冊まるまるひとつのゲームを書く形をとっております。分量のみならず、テイストも若干違っております。上級者揃《ぞろ》いのゲームなので、その雰囲気を出すため――というのが第一理由でありますが、味付けを変えようと意図的に努力したところもあります。刺激的なジャンルでやっているとはいえ、同じ性質の刺激では慣れてしまう、常に新しい刺激を含ませなければならぬ、という信念を恐れ知らずにも抱いておりまして、それゆえに、ツワモノたちの集う島の物語、〈クラウディビーチ〉でございました。

(こんなことして大丈夫かな)と思いつつ書いていたものにご承認をくださいました編集O氏と、(実年齢二十八歳、だけど老婆みたいな雰囲気があって半纏《はんてん》を着ている娘のイラ

スト　お願いします）というかつてない要望にお応えくださったねこめたる先生に、心から感謝いたします。解説文をお寄せくださいました、カンザキイオリ先生、斜線堂有紀《しゃせんどうゆうき》先生、冬野夜空《ふゆのよぞら》先生にも、深くお礼申し上げます。

ところで、本作――『死亡遊戯で飯を食う。』は、コミカライズが決定いたしました。掲載誌はコンプエースさま、作者さまは万歳寿大宴会《ばんざいことぶきだいえんかい》先生です。ご関係者のみなさま、何卒《なにとぞ》よろしくお願い申し上げます。

それでは……。『死亡遊戯』四巻で、お会いできれば幸いです。

〈クラウディビーチ〉を
乗り越えた私に、
速報が舞い込んだ。
同時期に行われたゲームにて、
参加者の大半が殺害される
惨事が起こった。
かつて出会ったプレイヤー、
毛糸《ケイト》とともに調査へ繰り出し、
殺人鬼の再来を私は知る。

いつかの邂逅を覚悟する
私のもとに、さらなる凶報が訪れる。
〈キャンドルウッズ〉で
消えない傷を刻まれた右目、
その動向を伝えるものだった――。
おまけに夜間学校の
クラスメイトからも
近頃監視されていて、
心配事は山積み。
そんな中で私が挑むは、
生者と死者の行き交う夜――
〈ハロウィンナイト〉。

予定。 ※2023年4月時点の情報です。

あるときは学校帰りに。
あるときはカボチャ畑で。
我ら、その身が朽ちるまで、
死亡遊戯で飯を食う。
第4巻2023年8月25日発売

遊びましょう、命を懸けて。
「い、いいいいいい一体
な、なな、何なんですか……!?
これぇ………!!」
「ちょろいもんですよ」
「この道を死ぬまで歩いてやる」
「幽鬼っていいます
よろしく」
「私たち、デスゲームの
参加者なんですよ？」
「正真正銘、
人が死ぬ
殺人ゲームって
こと」
「怖い！怖いっ
死にたくない……！」
「私、
初めてじゃないから」
コミカライズ
死亡遊戯で飯を食う。
漫画 万歳寿大宴会 原作 鵜飼有志 キャラクター原案 ねこめたる
2023年4月26日コンプエース6月号より、開幕

MF文庫J

死亡遊戯で飯を食う。3

2023 年 4 月 25 日　初版発行
2024 年 10 月 5 日　11版発行

著者　鵜飼有志

発行者　山下直久

発行　株式会社 KADOKAWA
〒 102-8177 東京都千代田区富士見 2-13-3
0570-002-301（ナビダイヤル）

印刷　株式会社 KADOKAWA

製本　株式会社 KADOKAWA

Printed in Japan　ISBN 978-4-04-682405-9 C0193

◆◇◇

【 ファンレター、作品のご感想をお待ちしています 】
〒102-0071 東京都千代田区富士見2-13-12
株式会社KADOKAWA　MF文庫J編集部気付「鵜飼有志先生」係「ねこめたる先生」係

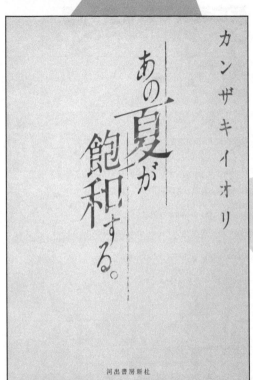